西行

歌と旅と人生

寺澤行忠

新潮選書

はじめに

老若男女を問わず多くの人々が、西行（一一一八―一一九〇）に関心を寄せていることを知り、驚くことがある。西行はその生前から今日に至るまで、無数と言ってよい読者を持ってきた。西行に関する著作は、今日、驚くべき数に達している。

現代は何を信じてよいかわからないような混とんとした時代でもあるが、その中にあって、何かはっきりとは表現できないが、西行に人間の生き方の本質に触れるものをみて、心惹《ひ》かれるのであろう。

西行は藤原定家などと共に、新古今時代を代表する歌人である。『新古今和歌集』では、専門歌人ではない西行の歌が、藤原俊成、藤原定家、藤原家隆といった歌の専門家をはるかに上回る最多の九十四首が選入されている。そのうちの何首かは、今日でも多くの人の記憶にとどまっている。

西行が多くの人々を引きつけてきたのは、歌のみならずその生き方に人々を引きつけるものがあったためである。旅の魅力を発見し、桜の美しさを多くの人に伝えた。また人生無常の自覚を促し、それを乗り越える道があることを力強く示した。さらには仏教と神道が共存する上でも、大きな役割を果たした。
ただ西行の場合、歌のみならずその人間的な魅力が、多くの人を引きつけてきたことで、今日における評価は一様ではない。人に好き嫌いがあるように、西行の人間性や生き方を好まない人も、当然のことながらいる。歌人の中でも、多くの人が人間性をうんぬんされることが少ないのに対して、西行の場合は、人間性や生き方が、その評価に大きくかかわってくるのである。

西行はかねて「願はくは花の下《した》にて春死なむ　その如月《きさらぎ》の望月の頃」と詠んでいた。その願い通りの死を遂げたことに、多くの人々が感銘を受け、おそらくそれが直接のきっかけとなって、西行の伝記は急速に説話化されることになった。

鎌倉時代には西行を主人公とする説話『西行物語』や『撰集抄《せんじゆうしょう》』が書かれ、人々の間に浸透する。各地に多くの伝説や伝承が生まれた。伝説や伝承の多さという点では、弘法大師や小野小町に次いで多いのではなかろうか。

それらは説話文学であるから、事実と異なることも多く書かれているが、近世の芭蕉なども、『山家集』などより、むしろこうした本を座右において親しんでいたようである。それでも芭蕉は、西行という歌人の本質を的確に理解していたと考えられる。

後代の読者の中には、鎌倉時代後期に女西行と呼ばれ、日記文学である『とはずがたり』を書いた二条や、今西行と呼ばれた江戸中期の歌人・似雲《じうん》など、熱狂的ともいえる愛読者がいた。

彼らは単なる愛読者というより、教祖をあがめる信者のような、ほとんど信仰に近いものだった。

西行の読者の中には、そこまでではないにしても、それに近い熱烈な愛読者もいた。第二次世界大戦の頃までは、そうした傾向も多かれ少なかれ、確かに続いていたように思われる。

それが戦後、唯物史観の影響が強くなってくるにつれて、見方が変ってくる。

西行研究に関しては、特に風巻景次郎の影響が強かった。風巻は従来の西行研究が、神秘のベールに包まれたものであるとして、そうしたものを一切取り払った実証的な西行像を構築しようとした。彼の著作『西行』（昭和二十二年）では、西行は凡卑な身分であったから、その枠の中で凡卑な生き方しかできなかったとするような見方で論が展開されており、この著作の影響はきわめて大きなものだった。

一人の歴史上の人物を見る場合、できるだけ客観的にみる必要があることは、論を俟《ま》たない。ただ人物や生き方の評価は、見る側の人間の人間観、世界観、歴史観に大きく左右される。西行の場合、その生き方そのものが、人々の関心を引き付けてきただけに、歌自体の評価と共に、生き方が大きな問題となってくる。生き方とその作品が、密接不可分なのである。

かつてある知人宅を訪問した折のことである。先客があり、その先客氏はある政党のイデオローグと言われた高名な評論家であった。話がたまたま西行に及んだが、その先客氏によれば、西行は世にあって社会改革に努力すべきであったのに、社会に背を向けて出家するなど、到底許しがたいということであった。

先方も生涯かけて築き上げた人生観であり歴史観なのであろうから、話はそれ以上には進まなかった。人生観や歴史観、世界観の違いというのは、こういうことなのである。

文学史上に名を残した人々、例えば紫式部や井原西鶴、またシェークスピアやゲーテなどの場合、その人物や生き方が作品と同等かそれ以上の問題として取り上げられることは、ほとんどないと思われる。しかし西行の場合は、先に述べたように、作品とともにその人間性に対する読者の見方が、その評価に大きくかかわってくるのである。

西行の読者は、実に広範である。また西行を取り上げた著作も、汗牛充棟《かんぎゅうじゅうとう》おびただしいものがある。そしてその著者は国文学者だけではない。日本史学、仏教学など隣接の学問の専門家はもとより、ドイツ文学、フランス文学、英文学、哲学、宗教学、作家、評論家、医家、美術家、その他一般の読者に至るまでさまざまな分野の人々であり、そうした多様な人々により語られていることに驚かされる。西行を愛読したことで、自らも西行を語らずにはいられなくなるのであろう。西行は、もはや国文学とその周辺の専門家だけの関心の枠には到底収まらない、歴史上の巨人なのである。

人間として優れた人物は、当時も他に多くいたであろうが、西行が歴史上の人物として名を残しているのは、和歌という自己表現の手段を持っていたことに加え、その生き方に人々を強く引き付けるものがあったためである。また社会が激しく流動する困難な時代にあって、強い意志で自己を貫き、深い抒情とすぐれた表現力で自己を十全に表現した、そのことに人々が強く惹かれたのである。

国文学の専門研究者からは、時に一般の読者に対して、あなた方は西行についてほとんど無知であるにもかかわらず、西行の歌に感動したりしているのは滑稽だと言わんばかりの言葉が投げつけられたりもする。

近年の西行研究は、確かに目覚ましい進展があり、研究者の努力とその成果には深く敬意を表するものであるが、しかしだからと言って、西行を愛好する一般の読者をそのように侮蔑するのは間違いであろう。

敢えて言えば、西行という人間を理解する上で、多くの歌についての細かな知識などなくても不足することはないのである。

そもそも西行の歌はいつ詠まれたのか、はっきりしないものが多い。伝記研究には有用であるところから、詞書《ことばがき》などによって詠まれた時期や場所が特定できる歌が、多く取り上げられるが、詠まれた時や場所、あるいは詠まれた折の事情がわからない歌の方が、はるかに多い。

西行は、年齢を重ねる程、優れた歌をたくさん詠んでいる。この点は、四十歳頃までに代表的な作品を詠んでしまった定家などとは、対照的である。そして年齢を重ねることによって、人間としても成熟を示している。若い時に心中の苦悶を歌に詠み、年を重ねる中でそうしたものを乗り越えてきたということがあるとすれば、若い時に詠まれた歌と晩年の成熟を示す歌を同じように扱うことは、西行を理解する上で問題があろう。

したがってすべての作品を同列に扱って、西行という人間を論じることには、詠作年次や詠作の場がわからない以上、やむを得ないこととはいえ、かなり慎重になされる必要がある。

また、作品の出来不出来ということもある。西行にとっての自信作は、晩年に編纂された二つの歌合《うたあわせ》や、『山家心中集《さんかしんちゅうしゅう》』『西行上人集』などにほぼ集約されている。また他者の目で見た秀作は、おおむね勅撰集に入集《にっしゅう》している。それらの歌を見ると、難解な歌は意外に少ないのである。

一方で、西行の歌の中には、確かにきわめて難解な、研究者によって解釈が分かれるような歌も少なからずある。それも西行によって詠まれた歌であるから、研究上はその解明も重要であるが、自他共に許す秀歌は、意外に平明な歌が多いということも念頭においておくべきであろう。ある時期に詠み置いたものの、西行自身はあまり高く評価していなかったり、満足のいかない歌もあったに違いない。また他人による評価など念頭に置かず、生活記録として日常生活をスケッチ風に詠み置いた歌も多かった。

したがって一般の読者がわずかの歌しか知らないと言って、そのことを非難したり軽蔑したりすべきではあるまい。極端に言えば、代表的な数首の歌と限られた知識で西行を理解し、心惹かれているとしても、それはそれでよいのである。

今日の読者は昔と違って、説話文学に書かれているようなことを、そのまま真に受けているわけではなく、かなり正確な知識を持っている。『撰集抄』や『西行物語』で西行を理解していた時代の延長で、現代の読者をみるべきではない。

昔から西行に心を寄せる人は多く、さまざまな西行の肖像画が描かれ、西行像が彫琢《ちょうたく》されてきた。それらは比べてみるとかなり違っている。これは西行に限ったことではなく、写真のなかった時代、多くの歴史上の人物についても同じことがいえる。藤原行成《ゆきなり》の日記『権記《ごんき》』には、平安中期の絵師、巨勢弘高《こせのひろたか》が花山《かざん》上皇の命で書写山の性空《しょうくう》上人の肖像を描いたことが書かれているが、このように本人を直接モデルにして描くような例は稀で、多くは後代に、先行する何かの資料を参考にしたり、自分のイメージを膨らませて肖像を描いたり、像をつくったりしているのである。

西行の肖像画や彫刻も、柔和な好々爺《こうこうや》然としたものから、たけだけしく、いかつい容貌のものまで実にさまざまで、おそらくそれは、それぞれの製作者の心の中にある西行像なのであろう。

西行はしばしば小説の主人公にもなっている。それらは西行の待賢門院《たいけんもんいん》（藤原璋子《しょうし》、一一〇一―一一四五）に対する恋を軸に書かれている。西行の恋の対象は学問的には特定することが困難であるが、待賢門院としなければ、小説にならないからに違いない。小説であるから、そこに描かれるのは作者の心の中の西行であり、会話なども、誰もその場にいたわけではないから、すべて作者による創作である。西行の場合に限らず、歴史小説における登場人物は当然のことながら、作者の心の中にある人間像といえるであろう。

本書は研究者として長年西行に親しんできた者が、実証に基づきつつ、文化史の大きな流れの中で改めて光を当て、新しい一つの西行像の彫琢を試みたものである。

西行——歌と旅と人生◉目次

西行——歌と旅と人生

1 生い立ち

西行は藤原北家藤成《ふじなり》流と呼ばれる家の、俵藤太《たわらとうた》で知られる鎮守府将軍藤原秀郷《ひでさと》を祖とする家系に生まれている。

秀郷の子に千晴と千常がおり、千晴系の子孫が奥州平泉の藤原三代の栄華をきずく人々である。西行は千常系の子孫であり、この家は、代々左衛門尉《さえもんのじょう》だったから曾祖父公清のあたりから、佐藤の姓を名のるようになった。

その公清から父の康清までは、左衛門尉であると同時に検非違使《けびいし》（非法・違法を検察する役）

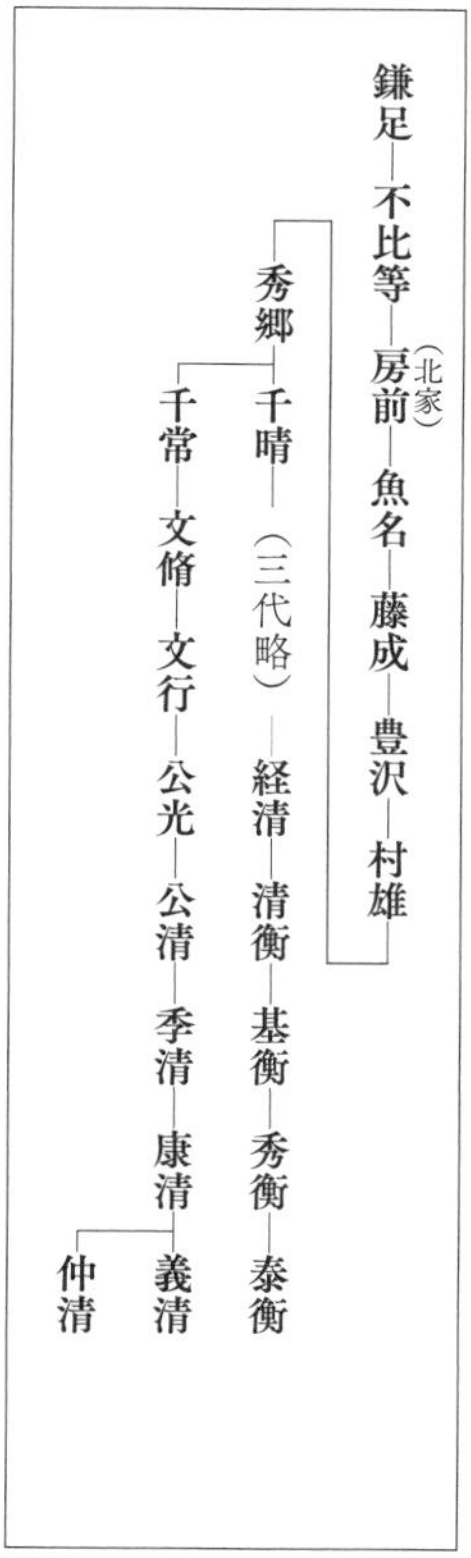

西行系図
（藤原北家藤成流）

であった。この頃には、東国在地との関係は次第に薄れ、都で検非違使としての職務に精励したようである。

西行は、元永元年（一一一八）に生まれている。奇しくも平清盛と同年の生れである。西行が出家する以前の俗名は、佐藤義清《のりきよ》であった。

父の康清は、検非違使の故実にも明るく、有能だったが、早く亡くなったようである。母は監物《けんもつ》であった源清経《きよつね》の女《むすめ》である。監物というのは、中務省に属し、大蔵・内蔵などの出納を監察する職である。清経のことは、後白河院（一一二七―一一九二）が『梁塵秘抄口伝集《りょうじんひしょうくでんしゅう》』の中で触れている。それによると、清経が所用で美濃の国へ下った時に、今様《いまよう》の名手であった目井《めい》という遊女とその養女である乙前《おとまえ》を都に連れ帰った。そして目井の容色が衰えても、死ぬまで愛情をこめて面倒をみたという。後白河院の今様の師であった乙前は、後日、そのことを院に賞賛を込めて語っている。今様というのは当世風ということで、具体的には平安中期から鎌倉初期にかけて流行した新様式の歌謡をいう。

清経はもともと今様の名人であり、乙前にも今様を厳しく仕込んだ。また当時の遊里《ゆうり》の事情にも詳しく、なかなかの通人であった。そして蹴鞠《けまり》の名手でもあった。西行の洒脱な一面には、こうした母方の祖父の影響が少なからずあったと思われる。

父を早く亡くしたと思われる義清にとって、官職につくことは簡単ではなかった。十五歳の時、「内舎人《うどねり》」任官を申請した。任料の相場は、絹二千匹ほどであったが、この時は叶わなかった。十八歳の時には、成功《じょうごう》によって「兵衛尉」任官を申請した。任料は絹一万匹ほどであった。成功というのは、朝廷で大礼、造寺などの臨時の公用があった時に、民間人が私財を寄付して、任官、叙位を求めることで、これには文字通り成功した。絹一万匹というのは、当時としても巨額であるが、これは佐藤氏が持っていた荘園からの収入で賄《まかな》われたものと考えられる。こうした西行の伝記的事実については、目崎徳衛氏の研究に詳しい（『西行の思想史的研究』）。

かくして義清は保延元年（一一三五）、十八歳で兵衛尉に任官し、ほどなく鳥羽院（一一〇三—一一五六）の北面《ほくめん》の武士として出仕するようになった。北面の武士というのは、院の御所を警備する武士のことで、白河院の時初めて置かれ、四位五位の上北面と六位の下北面とがあった。

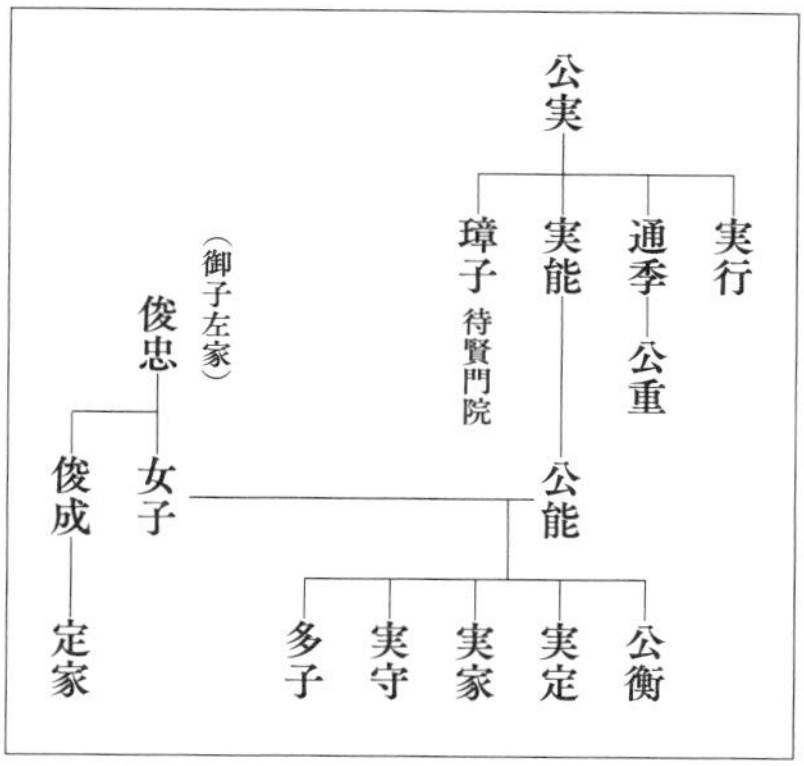

徳大寺家系図

西行はこの頃、徳大寺家の藤原実能《さねよし》の家人《けにん》となった。このことが徳大寺家の人々、特に実能の妹で、鳥羽院の妃である待賢門院や、その所生である崇徳《すとく》天皇（一一一九—一一六四）、また待賢門院付きの女房《にょうぼう》達と親しくなる機縁となったと思われる。

おそらくこの頃から和歌に親しむようになったの

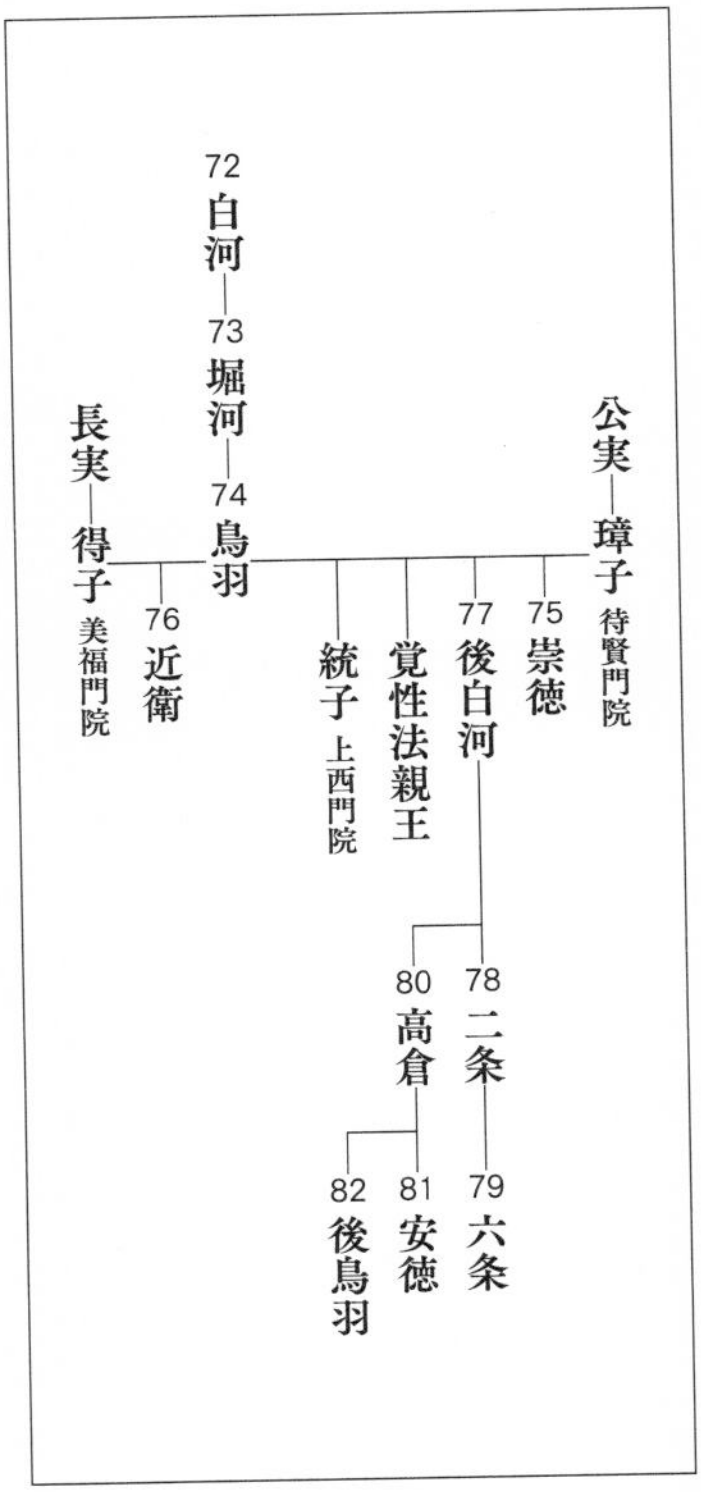

天皇家

であろう。出家前に詠んだと思われる歌は少ないが、例えば

君が住む宿の壺《つぼ》には菊ぞかざる　仙《ひじり》の宮とやいふべかるらん

（わが君——鳥羽院——のお住まいになる宿の中庭を、菊がいっぱいに飾っていることだ。これこそまさに、仙の宮——仙洞御所というべきであろう）

は、この時期に詠まれたものと考えられる。詞書によると、京極太政大臣藤原宗輔がまだ中納言であった時に菊を献上され、それが鳥羽院の南殿の東に、いっぱいに植えられていた。そこ

で公重少将が、人々に菊の歌を詠ませた折に、西行も勧められて詠んだのである。宗輔が中納言であったのは、保延六年（一一四〇）三月までであるから、この歌は西行が出家する以前に詠まれていることになる。

このような出家する以前に詠まれたことが判明する歌は少なく、この時期は歌を詠むことを習い始めた、いわば習作期と考えられる。

生れた年についての記録はない。ただ藤原頼長の日記『台記《たいき》』永治二年（一一四二）三月十五日の条に、出家後間もない時期に、一品経勧進《いっぽんぎょうかんじん》の為に訪れた西行について、次のように記されている。

余、年を問ふ。答へて曰く、二十五なりと（去々年出家二十三）。そもそも西行は、もと兵衛尉義清なり（左衛門大夫康清子）。重代の勇士たるを以《もっ》て法皇に仕ふ。俗時《ぞくじ》より心を仏道に入れ、家富み年若く、心に愁《うれ》ひなけれど遂《つい》に以て遁世《とんせい》す。人、これを歎美するなり（原漢文）

（私は年を尋ねた。二十五歳だと答える。一昨年、二十三歳で出家した。そもそも西行は、もと兵衛尉義清と言って、左衛門大夫康清の子である。代々武士として法皇に仕えてきた。出家前から心を仏道に入れ、家が富んでいて年が若く、心に愁いがなかったが、ついに遁世した。人

はこれを歎美した）

西行の生年は、ここから逆算して推定できるのである。生年が歴史資料に記載されるのは、かなりの地位、身分を持つ家に生まれた者である。後に文学史に名を残すような者でも、生まれた年や没年がわからないケースはきわめて多い。「一品経」というのは、法華経二十八品を、故人を供養するために、各人が一品ずつ分けて書写することで、この行為は、その年の二月二十六日に出家した、西行が心を寄せる待賢門院にかかわることかと推察されている。

この『台記』の記述には、「家富み」とある。では西行の出自《しゅつじ》の家の経済状態は、いかなるものであろうか。西行の家、佐藤氏の経済的実力については、これも目崎氏の研究（前掲書）によって、かなり明らかにされている。

吉野山中に源を発する紀ノ川の右岸中流、粉河《こかわ》寺と根来《ねごろ》寺の中間に田仲庄《たなかのしょう》という荘園があった。佐藤氏はこの荘園の預所《あずかりどころ》（中央にいる荘園領主の代りに、年貢・荘地・荘民などの管理を行った職）であり、経済的には豊かであった。

田仲庄の対岸には高野山領荒川庄があった。ここはもと鳥羽法皇から美福門院《びふくもんいん》（一一一七—一一六〇）に伝えられ、女院からさらに高野山に寄進されたもので、その境界もきちんと決まっていた。ところが在地の住人である田仲庄の預《あずかり》、内舎人仲清《なかきよ》が異論を唱えたことで荒川庄の庄官が後白河院庁に訴え、争いが生じた。この仲清は、西行の遁世後家督《かとく》を継いだ弟である。保元・平治の乱の頃から田仲・荒川両庄の争いは激化し、仲清とその子能清《よしきよ》の二代は、源平合戦までの二〜三十年間、その処理に忙殺されることになる。仲清・能清は、当時急速に台頭した平家一門に服従してその家人となり、源平合戦の風雲に乗じ、平家の下知《げじ》（命令・指図）と称して荒川庄に乱入し、激しい殺戮《さつりく》や略奪《りゃくだつ》をおこなった。

しかし寿永二年（一一八三）に平家が没落すると、佐藤氏はその打撃をもろに受け、木曾義仲の下文《くだしぶみ》（上位者からその管轄下の役所や人民などに下した命令の文書）を受けた、同じ秀郷流の尾《び》藤知宣《とうとものり》という者に田仲庄を奪い取られようとした。

こうした激しい対立と抗争が、西行が高野山に草庵を結んでいた三十年間に繰り広げられたのである。西行は遁世の身であるから、こうした争いに直接タッチすることはなかったが、このような事情を背景に、佐藤氏が服従していた平家に深い親愛の情を寄せ、これを打倒した源氏には冷ややかな心情を抱いていたようである。

この時代は、経済的な事柄を歌に詠むということはしなかった。したがって歌を通して経済的な事情をうかがい知ることはできないが、陸奥《みちのく》に杖《つえ》をひいたり、四国に渡るについては、かなりの費用を要したに違いない。しかし西行の場合には、こうした荘園の経済的バックがあったから、そうした心配はなかったと思われる。その点は恵まれていた。

2　出家

『台記』の記述で興味深いのは、在俗時より仏道に関心が深かったこと、家が富んでいて、年が若く、心に愁いが無かったにも拘わらず遁世したこと、世間の人々がそれを嘆美したことなどを述べている点である。家貧しく、あるいは年老いて、また心に愁いがあって遁世するのが世の常であるのに、西行の場合には、そうではなかったという。

当時においては、多くの人々が心中密《ひそ》かに出家を願いつつも、実際には容易に実行することには踏み切れなかったが、出家を促す要因が他人から見て少しも見出されないにもかかわらず、出家という行為を敢然と実行に移した西行に、人々は称讃を惜しまなかったのである。

もっとも心に愁いがあったかどうかなどは、他人にはわからない。しかし周囲には、少なくとも頼長の目には、愁いがなかったようにみえたということであろう。

西行はなぜ出家したのか。その理由についてさまざまに推測されているが、西行自身は、そのことについて明確に語っていない。ただ出家当時の心境を詠じた歌、周囲に挨拶した歌などが残されていて、それらが僅かに推定の手掛りになるばかりである。

呉竹の節しげからぬ世なりせば　この君はとてさし出でなまし
（もし世の中に憂きことがこれほど多くないならば、この君にこそはと言って、さし出てお仕えしようものを）

悪《あ》し善《よ》しを思ひわくこそ苦しけれ　ただあらるればあられける身を
（善悪を分別する心があるのは、苦しいことだ。そのようなことに無関心であれば、それなりに生きていける身であるのに）

ともに、『山家集』下巻の末尾に近い位置に、詞書を付されずに一括されている歌群中にあり、出家前後の心境を詠じた歌と推定されるものである。現実が「呉竹の節しげ」き世であり、自らが「悪《あ》し善《よ》しを思ひわく」ゆえに、出家せざるを得なかったのだという。物事の理非曲《りひきょく》直《ちょく》を分別するが故に、現状に留まることが、自らに許せなかったのである。具体的にどのような事柄について、西行が「節しげ」き世と感じたのかは分らない。

当時、西行が親しく近侍していた崇徳天皇やその生母である待賢門院が、東宮《とうぐう》（体仁《なりひと》親王）やその生母であり、鳥羽上皇の寵愛を受けていた美福門院側に圧迫されていた。美福門院は、藤原長実《ながざね》の女得子《とくし》である。保延七年（一一四二）三月に鳥羽上皇が出家して法皇となり、鳥羽法皇の意志で、同年十二月に崇徳天皇は譲位させられ、代って体仁親王が近衛天皇（一一三九—一一五五）として即位している。こうした情勢を、西行が「節しげ」き世と受けとめ、理不尽に感じたことは、大いにあり得たと思われる。ともあれこの二首の歌は、西行がきわめて自らに厳しく、安易な妥協を許さない、潔癖な人間であったことを示すものであろう。

古くから言われてきたのは、恋愛問題である。

かかる身におほしたてけむたらちねの　親さへつらき恋もするかな
（恋の思いに苦しむ、このような身に育て上げてくれた親さえも恨めしく思われる、つらい恋をすることだなあ）

あはれ〳〵この世はよしやさもあらばあれ　来む世もかくや苦しかるべき
（ああ、ああ、この世ではどのように恋の思いに苦しもうとも、なるようになれ、しかし来世もこのように、恋の思いに苦しまなければならないのか）

具体的な詠作事情は知られないが、これらの歌に込められている強い現実感は、こうした歌が観念の世界で詠まれたものと思わせない力をもっている。自分をこの世に生み出してくれた親には、ふつうは感謝の念を抱く。しかしその親さえもが恨めしく思われるほどのつらい恋だ、というのである。恐らくは自らの体験に深く根ざしたものがあったのではなかろうか。そしてその恋は、やはり身分的なものに深く関わるものだったのではなかろうか。

知らざりき雲居《くもゐ》のよそに見し月の　影を袂《たもと》に宿すべしとは

（思ってもみなかった。遠い空の彼方《かなた》に仰ぎ見る、月にも比すべき人に思いをかけ、叶わぬ恋ゆえの涙に濡れた袖に、月を宿さなければならないとは）

「雲居」は、宮中にもいう。「影」は、光の意。「影を袂に宿す」とは、涙に濡れた袖に月光が映ることの比喩である。

数ならぬ心の咎《とが》になし果てじ　知らせてこそは身をも恨《うら》みめ

（とるに足りないわが心のせいにはしてしまうまい。思いを知らせてなおだめならば、その時はじめて、我が身を恨むことにしよう）

もの思へどもかからぬ人もあるものを　あはれなりける身のちぎりかな

（恋のもの思いをしても、これほどの苦しい思いをしない人もあるのに、誠にあわれな身の宿世《すくせ》であ

るなあ）

身を知れば人のとがとは思はぬに　恨《うら》みがほにも濡《ぬ》るゝ袖かな
（我が身のほどを知っているから、あの人のせいだとは思わないのだが、それでもあの人を恨むかのように濡れる、わが袖であることだ）

これらは、『山家集』の中ほどに、詞書がなく、単に「恋」として一括して収められている歌群の中にある。これらの歌には、身分的な障害ゆえに恋が遂げられなかった事情の介在を強く思わせるものがある。

その恋の具体的な対象として、古くから指摘されているのは、待賢門院璋子である。徳大寺家は、左大臣実能を祖とする家であるが、西行はその徳大寺家の家人であった。家人というのは、貴族に仕える従者ということである。

璋子は実能の妹で、鳥羽天皇の妃《ひ》となり、崇徳天皇、後白河天皇などを生んでいる。出家以前の西行は、当然璋子に接する機会も多かったであろう。

ところで、『源平盛衰記《げんぺいせいすいき》』には、およそ次のような話が載っている。

西行が出家を思い立った原因をたずねてみると、恋の為と聞いている。それは話すのも恐れ多い上臈女房《じょうろう》（高貴な身分の女性）に思いを寄せていたが、「阿漕《あこぎ》の浦ですよ」という言葉を受けて思いを断ち切った。

伊勢の海阿漕が浦に引く網も　度重なれば人もこそしれ
（伊勢の阿漕の浦で引く密猟の網も、度重なると人の知るところとなる）

この歌の心は、かの阿漕が浦は禁漁《きんりょう》の海だから、漁夫は神に誓いを立て、年に一度のほかは網を引かなかった。度重なれば人の知るところとなります、というのである。この上臈女房のことばを受けて、西行が詠んだ歌

思ひきや富士の高根に一夜寝て　雲の上なる月をみむとは
（思ったであろうか、思いはしなかった。高貴な女性と一夜を過ごしてみると、雲居の君がそこにおられるとは）

この歌の心を考えてみると、この上臈女房との間に一夜の契りがあったのであろうか。

この話に出てくる「阿漕が浦」は、現在の三重県津市阿漕町にあり、伊勢神宮に供える神饌《しんせん》（お供え物）を捕るための禁漁区であった。神饌の海での夜間の密漁ということから、隠れて行うことも、度重なれば危ういという意味で用いる。

そしてこの記述から、申すも恐れある上臈女房とは、待賢門院璋子のことであり、その璋子と一夜の契りがあったとするのである。すると「雲の上なる月」という比喩は「雲居の君」のことであり、ここでは鳥羽天皇を指すことになる。

しかしながら『源平盛衰記』は、平清盛の栄華を中心に、源平の興亡を精細に叙述する軍記物語ではあるが、説話の類を豊富に取り込み、この書に書いてあるからといって、そのまま史実と受け取るわけにはいかない。またこの歌も、いかにも品格を欠き、西行が詠んだ歌とも思えない。しかし話としては面白く、辻邦生《つじくにお》『西行花伝』をはじめ幾人かの作家が、西行の出家は、待賢門院璋子との悲恋に原因があるとしたうえで小説を書いている。

たしかに恋愛問題が出家の直接の誘因であった可能性は、かなりあったと考えられる。もし仮に宮中の女性に思いをかけ、お互いの気持が通い合ったとしても、当時の身分社会においては、結婚はおよそ不可能だからである。ただ西行と待賢門院璋子がそのような関係にあったのかどうか、その事実を裏付けることはできない。西行自身は、自ら詠んだ歌の中に、恋の対象が特定できるような痕跡《こんせき》を、まったく残していないのである。

ただもし仮に、身分違いの女性に思いをかけ、身分の違いゆえに思いが叶わなかったとすれば、西行自身がいかに努力したとしても、解決のしようもないことである。武芸・蹴鞠・歌道その他、多方面にすぐれた才能を持ち、自ら恃《たの》むところ強かったであろう西行にとって、それは納得し難いものであったろう。出家することによって、身分的束縛を脱却した世界を志向することはごく自然なことである。

どのような女性がその対象であったのか、具体的なことはまったくわからないが、それにしても西行の歌にみられる恋の思いには痛切なものがある。

逢《あ》ふと見しその夜の夢の覚《さ》めであれな　長き眠りは憂《う》かるべけれど

（あの人と逢ったとみたその夜の夢は、覚めないでほしい。無明《むみょう》長夜の眠りはつらいことであろうけれども）

「長き眠り」は、生死の闇に迷って、悟ることが出来ない状態が長く続くことの例えである。たとえ長く悟ることが出来なくとも、たとえそれが辛《つら》いことであっても、その夜の夢がいつまでも続くものであってほしいとの願いを歌っている。現実に逢うことは絶望的であるところから生じる願いである。

この歌は、『山家集』『山家心中集』『西行上人集』『千載和歌集』「宮河歌合《みやがわうたあわせ》」など多くの歌集に載るが、いずれの集にも、この歌が詠まれた折の事情は、記されていない。また『山家集』では、「恋百十首」の末尾に置かれ、「宮河歌合」では巻末の三十六番左歌である。

西行が大切なことほど、心中深くに秘する性向のある歌人であることを考えると、詞書でまったく説明しようとせず、「宮河歌合」の最後をこうした歌で締めくくっているということは、案外西行の心中を鋭く表わすものがあるのかもしれない。

「宮河歌合」の末尾でこの歌と番《つが》えている三十六番右歌は、先にも引用した「あはれ〳〵この世はよしやさもあらばあれ　来む世もかくや苦しかるべき」である。いかに生くべきかという問題と格闘し、自らの心の内で呪文を唱えているような、西行の面目躍如とした歌である。

このような歌を「宮河歌合」の結番の左右に据え、伊勢神宮に奉納したということは、自己の真実すべてをありのままに神に告白し、神の判断にすべてを委ねようとした思いの現れなのであろうか。

西行の出家の問題と直接にかかわるものではないが、恋の歌に関しては、次のような歌が『新古今集』に採られている。

はるかなる岩のはざまに独《ひと》りゐて　人目思はでもの思はばや

（人里遠く離れた山奥の岩の間に独り座って、人目をはばかることなく、物思いをしたいものだ）

この歌は『新古今集』の恋歌の部に入集しているが、それ以外の西行歌集には載っていない歌であり、詠まれた折の事情も不明である。「もの思ふ」というのは、この時代の和歌においては、恋のもの思いを意味する。第四句は「人目つゝまで」とする写本もある。

究極の恋の情念である。その思う対象は誰であるのかわからない。分かる必要もないであろう。しかしその思いは、いずれ「行方も知らぬわが思ひ」として、空の彼方へ消えていくもののようである。

近年、西行の出家の原因を数奇《すき》（風流の道に深く心を寄せること）を希求《ききゅう》してのものだとする見方もなされている。たしかにそのような一面もあったかもしれない。ただようやく和歌というものに親しみ始めた西行に、それを生涯の目的として出家という行動をとらせる動機となったとは考えにくい。

西行における出家はしたがって、ただ一つの理由によって行なわれたというより、これまでみてきたように、幾つもの理由が重なって実行に移されたと考えられるのである。

西行には、生涯に何度かの人生の節目となる出来事があった。例えば出家、奥州への二度にわたる旅、大峰《おおみね》修行、西国・四国への旅など、それぞれ人生の大きな転機となっている。中でも出家は、生涯の生き方を決定した最大の転機と言ってよい。

惜しむとて惜しまれぬべきこの世かは　身を捨ててこそ身をも助けめ
（いくら惜しんだからといって、惜しみきれるこの世でしょうか。そうではございません。身を捨てて、すなわち出家してこそ、我が身を助けることになるのです）

身を捨つる人はまことに捨つるかは　捨てぬ人こそ捨つるなりけれ
（出家して身を捨てる人は、ほんとうに捨てているのでしょうか。そうではありません。捨てない人こそ、捨てているのです）

「惜しむとて」は『玉葉和歌集』に西行法師の名で、「身を捨つる」は『詞花和歌集』に「読人しらず」として採録されており、前者は詞書によれば、出家に際し鳥羽院に挨拶した歌、後者は具体的な詞書が付されていないが、同様の心境を詠じた歌と推定されるものである。これらの歌によって、出家は西行にとって、自己をより十全に生かすための決断であったことが知られる。

世の中をそむき果てぬと言ひ置かむ　思ひ知るべき人はなくとも
（世の中に背を向け、出家したと言い置こう。たとえ自分の心を充分に理解してくれる人がなくとも）

これも出家した折に、ゆかりのあった人に、言い送った歌だという詞書が付されている。「思ひ知るべき人」は、ゆかりのあった人よりももう少し広く、一般性をもった人と解してよいであろう。ここにはたとえ自分の行動を理解してくれる人が無くとも、敢然として信じる道を行くという強い決意が表明されている。西行は、月に向って一晩中涙を流すような、いわば女房文学の系譜に連なる性格をもつ歌も詠じているが、他方、こうしたきわめて意志的な、剛毅な一面も持っていたのである。というより、西行の生涯を俯瞰《ふかん》すれば、後者がむしろ本質的な部分を形成していることが知られる。

さて、以上出家の理由について考えてみたが、前述したように、西行自身はこの点について明確に語ることをしていない。その事実をもう一度確認する必要があろう。西行は、家族的周辺の人物を自らの歌に詠むことをしなかったが、同様に出家の事情の核心についても、精神の最深部に属するがゆえに、他に漏らすことをむしろ意識的に避けたのではなかろうか。そうであるとすれば、もともと他人による詮索はきわめて困難だ、というより不可能であって、上述した出家の理由も、あくまで一つの推測にしかすぎないことになるのである。

今までも西行の出家の理由を追求する論文は多数書かれたし、今後も多く書かれるであろうが、どこまでいってもそれを突き止めることなど不可能であると思われる。出家の理由などは、それこそ西行自身に聞いてみるしかあるまい。小林秀雄が『無常といふ事』の中で述べているように、「彼（西行）が忘れようとしたところを彼とともに素直に忘れよう」という評言が、この問題に対する態度としては、もっとも的を射ているようである。

3 西行と蹴鞠

先に述べた通り、西行の母は、監物源清経女であったが、この清経は蹴鞠の名手として知られた人でもあった。西行もまた蹴鞠の名手であったことは、堀部正二氏の研究によって明らかになっている。藤原頼輔《よりすけ》の『蹴鞠口伝集《しゅうきくくでんしゅう》』に西行の説が五か所にわたって引用されているのである。この頼輔は歌人でもあるが、蹴鞠の方面では、藤原成通《なりみち》の弟子で、西行の同門である。すなわち藤原成通は、西行の蹴鞠の師であった。

蹴鞠は皮沓《かわぐつ》をはいた足で、鞠を蹴る遊びである。鞠は鹿の皮でできており、少し楕円《だえん》形で、中は空《から》になっている。

貴族の屋敷の庭に鞠場が設けられ、その四隅に桜、柳、楓《かえで》、松などが植えられた。上鞠《あげまり》は八人で行い、それぞれ木の下に二人ずつ控え、一人が三度ずつ蹴って左の人に渡していく。鞠を地面に落とさず、足だけを使って、八人の間を次々に渡していくのである。上鞠では、鞠は人の顔の高さぐらいにしか上げてはいけない。

この後、個人競技に入る。その一つに員鞠《かずまり》がある。これは一人が鞠をいかに多く、連続して

け り続けるかを競うものである。『古今著聞集《ここんちょもんじゅう》』によると、藤原成通は、連続して三百回蹴ったという。

藤原成通は承徳元年（一〇九七）生れで、後に大納言にまでなった人物である。和歌や音楽にもすぐれていたが、とりわけ蹴鞠の方面では、並はずれた努力と才能で、鞠聖《きくせい》と呼ばれるまでになった。

『古今著聞集』や『成通卿口伝日記《なりみちきょうくでんにっき》』によると、成通は鞠を好んで、蹴鞠の庭に立つこと七千日に及んだという。そのうち日を欠かさず練習したことは二千日で、その間、病気の時は床《とこ》に伏しながら足に鞠をあてて基本練習をし、雨の日は大極殿《だいごくでん》へ行って鞠をあげて練習した。家の中でちょっと鞠を上げることは時を選ばない。月の夜はもちろんである。夜も燭台《しょくだい》のわずかな光を頼りに稽古《けいこ》を重ねた。

そうした猛練習の結果、どのくらい技量が上達したか。ある時、大きな台の上に沓《くつ》を履《は》いたまま登って鞠を蹴ったが、台の上に沓があたる音を人に聞かせなかった。鞠の音だけが聞こえてきた。

また侍を七、八人並んで座らせて、端から順に肩を踏んで、沓をはいたままで鞠を蹴った。その中に法師が一人いたが、その人の時は、肩ではなく頭を踏んで通った。こうして肩の上を往復して、鞠を手にとって、「どう感じられましたか」と尋ねたところ、「肩に沓が当ったとはまったく感じませんでした。鷹を手に止まらせた程度の感じでした」と皆は答えた。法師は

「平笠《ひらがさ》――平たくて浅い笠――をかぶったくらいの感じでした」と答えた。

また父のお供をして清水寺に参籠《さんろう》した時に、本堂の前面の舞台、いわゆる清水の舞台の高欄《こうらん》（欄干《らんかん》）を、沓をはいたままで鞠を蹴りながら西から東へ渡った。そして今度は東から西へ、同じように鞠を蹴りながら渡ったので、見る者は皆真っ青になった。

父はそれを聞いて怒り、そんなことをする者があるかと言って、参籠している途中で成通を追い出し、一か月ほどは家にも寄せつけなかった。

また熊野へ詣《もう》でた折には、後ろ向きで西より百回、東より百回、連続して蹴り上げて、その間一度も鞠を落とさなかった。

高く蹴り上げることも、普通の人の三倍は高く蹴り上げた。ある日、鞠を高く蹴り上げると、空に登り雲の中に入って、見えなくなったまま落ちてこなかった。不思議なことであるが、この事は決して嘘ではない、と日記では強調している。

また父が昔、仏師を召して仏像をつくらせたことがあった。その頃、成通卿はまだ若くて、庭で鞠を蹴り上げていたが、折あしく蹴った鞠が、開いていた格子《こうし》と簾《すだれ》の間に入ってしまった。成通はすぐ続いて飛びこんできたが、父の前で無礼なので、鞠を足にのせて、その板敷を踏まないで、山雀《やまがら》がとんぼ返りをするように飛び返った。その様《さま》は、とうてい普通の人間とは思えなかった。「私の生涯でとんぼ返りをしたのは、この時ただ一度だけだ」と、後に人に語ったという。

こうした話が好まれたのは、道を尊ぶ――一つの道に専心、心を入れて修行すれば、常人の及ばない域にまで達することが出来る――ことが自覚され、尊ばれるようになったからである。

西行の蹴鞠の師であった藤原成通と西行の交渉を示す歌が、『山家集』にある。

驚かす君によりてぞ長き夜の　久しき夢は覚《さ》むべかりける　成通

(迷いの夢を覚ましてくれたあなたによって、無明長夜の夢も覚めて、出家できそうです)

驚かぬ心なりせば世の中を　夢ぞと語る甲斐《かひ》なからまし　西行

(いくら説いても迷いが覚めないお心でしたら、この世を夢だと語る甲斐《かい》もありますまい――目ざめて下さって、その甲斐もあったというものです)

西行が成通に後世《ごせ》のことを説き、出家を勧めた。その勧めによって出家の決心を固めた折の成通の歌と、それを受けた西行の返歌である。

成通は平治元年(一一五九)に六十三歳で出家している。この時西行は四十二歳であり、成通の方が二十一歳年長であった。蹴鞠の道では成通が師であったが、仏道の上では西行が師であった。西行は四十歳前後になると、次第に周囲の人々の篤《あつ》い尊敬を受け、出家の導師《どうし》として仰《あお》がれるまでの存在になっていたのである。

ところで鞠聖と呼ばれた藤原成通は、寝食を忘れるほどの厳しい修練の末、常人にはとても及ばないまでの技量の域に達したのであったが、平安朝もこの時期になると、こうした一つの道に専心打ち込むことが尊ばれる気風が次第に強くなってきた。

平安朝における「もののあはれ」の優美で優しい情感は、時の経過の中ですべてが移ろい変化していく現実を前にして、「無常」の強い自覚を呼び覚まし、「無常」を乗り越えるものとして、芸能や武術方面においては、技量の上達と同時に人間としての完成を目指す「道」の思想が生まれてくる。茶道、華道、香道、歌道、書道、柔道、弓道、剣道、合気道、仏道、神道、武士道……。

日本の文化は、かくして優しさと同時に勁《つよ》さや厳しさを併せ持つことになった。そして優美を基調とする美意識とこの厳しい「道」の思想がいわば表裏をなして、日本文化の根幹が形成されていくのである。

成通は、そうした道の思想が形成されていく上で、いわば先蹤《せんしょう》となる存在であった。

4　西行と桜

桜はもともと日本列島に自生していたものであるが、特に吉野山には、他の山より多く山桜が自生していた。

七世紀の末に活動し、後に修験道《しゅげんどう》の祖と言われた役小角《えんのしょうかく》は、仏教を好み、呪術をよくして、葛城山《かつらぎ》に入って苦行を積み、吉野の金峯山《きんぷせん》、大峰などを開いた。そして金峯山寺をつくり、桜の木に蔵王権現《ざおうごんげん》の像を刻んで奉ったという。以来桜は神木として吉野に寄進されることも多くなり、そのこともあずかって、吉野は今日のような桜の名所となっていったのである。

春の花といえば、『万葉集』では多くの場合梅の花であるが、平安朝になると、桜の花を指すようになった。平安朝の貴族たちは桜の花を愛し、桜の季節には花見もしばしば行われた。勅撰集の春の部には、桜を詠む歌が多く採られている。ただこの時代の桜に対する愛好や花見の習慣は、あくまで上流階級、貴族の世界のものであった。一般の民衆が桜を愛好する風習は、まだなかったのである。

西行も若いころから桜をとりわけ愛し、殊に桜の名所である吉野にはしばしば花見に訪れ、庵を結んではしばし滞在し、桜を愛《め》でた。

おしなべて花の盛りになりにけり　山の端《は》ごとにかゝる白雲

（世はすべて桜の花盛りになったことだ。山の端ごとに白雲がかかっている）

なべてならぬ四方《よも》の山辺の花はみな　吉野よりこそ種はとりけめ

（並々でなく美しく咲いている四方の山辺の花は皆、吉野から種をとったのであろうか）

たぐひなき花をし枝に咲かすれば　桜に並ぶ木ぞなかりける

（比類《ひるい》のない美しい花を枝に咲かせるので、桜に比べられる木はないことだ）

桜の花の季節の到来を心からよろこび、あらゆる花の中でも桜に並ぶものはなく、吉野こその根源の地だとする。「おしなべて」の詠では、桜の花を「白雲」に見立てている。山々を遠望し、その山々に桜が咲き競っていることを詠むいわゆる「丈の高い」歌で、「御裳濯河歌合《みもすそがわうたあわせ》」に自選し、『千載集』にも採られているが、勅撰集の中にあっても、少しの違和感もない秀歌である。

西行の歌で桜の花を詠んだものは、詠出歌全体の一割以上に及んでいる。

何となく春になりぬと聞く日より　心にかかるみ吉野の山
（立春になったと聞いた日から、何となく吉野の山が気にかかることだ）

吉野山桜が枝に雪散りて　花遅げなる年にもあるかな
（吉野山では桜の枝に雪が散りかかっている。桜の開花が遅くなりそうな年だなあ）

吉野山やがて出《いで》じと思ふ身を　花散りなばと人や待つらむ
（吉野山に入ったまま、山から出まいと思っているこの私を、桜の花が散ったらまた帰ってくるものと、人は私を待っているだろうか）

花に染《そ》む心のいかで残りけむ　捨て果ててきと思ふわが身に
（この俗世をすっかり捨てきってきたと思うわが身に、どうして桜の花に執着する心が、残っていたのであろうか）

出家は、すべての現世的欲望を断ち切ることである。だから桜の花に執着する心も放擲《ほうてき》したはずなのに、花を愛でる心は、依然として強く残っている。「花に染む」の歌は、さてどうしたものか、という自問である。花に対する執着心に困惑しながらも、そのような自分をどこかで肯定するのである。この歌は『千載集』入集歌でもある。

吉野山梢の花を見し日より　心は身にも添はずなりにき

（吉野山に咲く梢の桜を見たその日から、心は桜にあくがれ出て、身に添わなくなってしまったことだ）

あくがるゝ心はさても山桜　散りなむ後や身に帰るべき

（花にあくがれ出た私の心は、それにしてもやまず、山桜が散ったのち、再びわが身に帰ってくるのだろうか）

「さても山桜」は、「さても止まず」を「山桜」に掛けた表現である。桜の花の咲く季節になると、花に心が惹かれてそわそわし出し、花が咲けば、心が身から抜け出て、帰らなくなることを心配する。この時代、肉体と精神は別のものだと信じられていた。

「あくがる」というのは、西行の愛用語で、心が身体から離れることをいうが、桜に心が奪われて、心が身体から飛び出してしまう、そしてそれが身体に戻らなくなることを案じているのである。

身を分けて見ぬ梢なく尽くさばや　よろづの山の花の盛りを
（この身をいくつにでも分けて、あらゆる山の桜の花盛りを、見つくしたいものだ）

ながむとて花にもいたく馴れぬれば　散る別れこそ悲しかりけれ
（桜を眺めて、たいそう慣れ親しんできたので、いよいよ散って別れるとなると、まことに悲しいことだ）

身を分けてでも、花という花を見つくしたいと願い、いよいよ散るとなると、その別れがつらいという。これらの歌にみられる花に対する熱愛ぶりは、尋常一様ではない。このことは、同時代の他の歌人たちの歌と比較してみれば、ただちに了解しうることであろう。

ここまでくると、花も人格を持った人間と同じである。というより、西行においては桜の花はほとんど恋人にも等しい存在であった。

このような性向は、天性の資質と言ってもよいものであろう。すなわちひたすら美を憧憬《しょうけい》し、遥か遠くに思いを馳せる、いわば浪漫的精神とでも呼んでよいものは、生涯を貫く西行の重要な性格の一部をなしている。

その憧憬の対象となる美の中でも、桜は最も象徴的なものである。あまりにも強い執着ぶりに、それは若き日に遂げ得なかった恋の、無意識の代償行為なのかとさえ思われるほどである。がしかし、出家後の単調な山里での修行生活の中で、長くつらい冬を過ごして、春を迎え、匂うばかりの色鮮やかな桜花を待ち迎える喜びが、生来の桜の花に対する偏愛の傾向をさらに助長したであろうことは、想像に難くない。そうした出家後の生活様式も、花に対する熱愛と無関係ではないであろう。

西行が見ていた桜は、言うまでもなく、今日われわれが多く目にするソメイヨシノではなく山桜である。またその山桜には、多くの種類があり、花も多彩である。山中で目にする桜は、ひときわ鮮やかで、心惹かれるものであったに違いない。

花に「あくがるゝ」心はまた、西行を漂泊の旅に駆り立てた力とも、繋がるものであった。

吉野山こぞの枝折《しを》りの道かへて　まだ見ぬかたの花をたづねむ

（吉野山の昨年つけておいた道しるべの枝折りの道を変えて、まだ見ていない方の桜を尋ねることにしよう）

「枝折《しを》り」は、山中に深く分け入ると、帰りの道が分からなくなるから、帰途の目印として、枝を折って道しるべにしたものである。「御裳濯河歌合」に自撰し、『新古今和歌集』に採録されている歌である。

ここでは、花にあこがれる心、美を憧憬する心が、西行を新しい旅に駆り立てるのである。

春風の花を散らすと見る夢は　さめても胸の騒ぐなりけり

(春風が花を散らすと見た夢は、覚めても胸が騒ぐことだ)

人々が集まって、「夢中落花」という題で歌を詠みあった時に、西行が詠んだ歌である。題詠というと、現代人は作りもののように受け取りがちであるが、決してそうではなく、一つの歌題を表現の契機として、生活の中にある真実を呼び起し、それを歌に詠むのである。この歌は自他の秀歌選集の類にはみえないが、夢と現実の間を行き来する西行の浪漫的資質を非常によく表わしている。

西行は「願はくは花の下にて春死なむ　その如月の望月の頃」と、日頃の願いをかねて歌に詠んでいたが、まさにその願い通りの死であったことは、人々に強い感銘を与えた。そしていくつかの説話文学を生むことにもなった。こうしたことが日本人が広く桜を愛好するようになる上で、大きな影響を与えたであろうことは、想像に難くない。

そして平安朝においては、貴族階級が愛好する花であった桜は、武士の世になるにつれ武士階級にもその趣向が広がり、さらには一般の庶民へと拡大していった。室町時代後期には、一般の庶民も花見を楽しむようになる。秀吉の「醍醐《だいご》の花見」などを経て、江戸時代も元禄頃になると、花見は今日と同じように、酒食を伴ったにぎやかな庶民の行事になっていった。

桜を愛好する風は、平安朝以来貴族文学の世界では認められることであり、その後の風潮も、ひとり西行の力によるものではむろんない。けれどもそれが武士の世界にまで及び、さらに広く、日本人全体の国民性にまで定着する上で、西行の与えた影響は少なからざるものがあった。西行の歌、特に桜を詠む歌が、多くの人々に愛唱されたこともあって、日本人が桜を愛好する風が広く国民の間に浸透し、定着していくのである。

日本人に愛された桜は、今や世界的な広がりで、愛好者が増えている。ワシントンのポトマック河畔には、日本から寄贈された約三千七百本の桜の木が植えられており、毎年盛大な桜祭りが行われている。「桜の女王」が選ばれ、世界中から毎年百万人以上の観光客を集めている。ドイツのハンブルクには、五千本近い桜が植えられ、盛大な桜祭りが行われている。ここでも「桜の女王」が選ばれて、日本の「さくらの女王」と、隔年に相互訪問している。こうした事例を始め、今や桜は世界各地に植えられ、世界の人々から親しまれるようになった。

5　西行と旅

生涯を通じて、西行は旅に多くの日々を送っている。二度にわたる奥州行脚《あんぎゃ》、西国・四国への旅をはじめ、高野と都や吉野の間の往来、熊野、伊勢、難波への旅など、畿内の旅は枚挙に暇がない。

出家直後には、都の周辺に庵を結び、修行に日々を過ごした。草庵も随時場所を変えていたようであるから、西行の意識においては、これも旅の変形だったのかもしれない。そうであるとすれば、出家後の西行は、旅に日を送ったと言っても、決して過言ではない。

平安朝においては、道もあまり整備されておらず、雨が降ればぬかるみの中を歩かなければならなかった。大雨の後は川があふれ、橋すらろくに架かっていなかった。また追剝に出会うような危険もあったから、旅は好んでするようなことではなかった。万葉の時代には、防人にとられたものは、再び会えなくなることを覚悟し、家族と水杯を交わして、九州に赴いたのである。旅は命がけであった。だからよほどのやむを得ない事情がなければ、人は旅などしなかった。

西行の生きた時代、すなわち平安朝の末の頃になっても、旅というものが大きな困難を伴う、危険なものであることに変りはなかった。

だから旅は、必要に迫られた時に行くものであり、西行の旅も崇徳院の墓を詣でたり、弘法大師の遺跡を尋ねたり、藤原秀衡に砂金を勧進するという具体的な目的をもっていた。旅は多くの困難を伴ったから、僧侶としては「修行」の旅でもあった。

したがって今日とは違い、旅自体を楽しむ、レジャーとしての旅などは存在しなかったのである。

ただそのような中で、直接には旅は具体的な目的を持ってはいたが、同時にそれが現実の諸々の束縛からわが身を解き放ち、未知の世界に遊ぶ意義や魅力を持っていたことも、ある程度自覚されはじめていたと思われる。日常性の絆を離れ、常に旅の状態に身を置くことで、精神の自由を確保しようとしたのであろう。そうであればこそ、西行はあれほど積極的に旅を繰り返したのであろう。

後世は、日常性を離れ、未知の世界に遊んで、風光明媚《ふうこうめいび》な風景を眺めること自体を楽しむようになるが、西行などはそのような旅を実践したきわめて早い例としてみることができよう。

もちろんこうした名所旧跡の地を訪ねて、心を自由な世界に遊ばせようとした先人には、『いほぬし』の増基《ぞうき》法師や『能因歌枕《のういんうたまくら》』の能因法師などの例もあったが、後代への影響という点では、西行の存在は、これらの人々の比ではない。

それはやがて西行を敬慕して各地を巡り歩く、宗祇《そうぎ》をはじめとする連歌師たちの旅、そして芭蕉の『笈《おい》の小文《こぶみ》』や『奥の細道』の旅へとつながっていくのである。

西行は三十歳前後に、みちのくへ長途の旅をしているが、これは同族藤原氏に挨拶をすることと、みちのくの歌枕を訪ねることが主な目的であったと思われる。歌枕を訪ねること自体、不要不急のことであり、今日の旅の概念に近いものがある。

先述のごとく、そのような旅をした先人に、能因法師がいる。彼は二度奥州行脚をしているのを始め、伊予、美作などを訪ねている。

かねて能因は、陸奥に下向した折に、白河の関で次のような歌を詠んだ。

都をば霞とともに立ちしかど　秋風ぞ吹く白河の関　　能因　（後拾遺和歌集）
（都を霞の立つ頃に旅立ってきたが、はや秋風が吹いているこの白河の関よ）

万寿二年（一〇二五）の秋、能因三十八歳の時の詠で、まだ春のうちに都を出発したが、奥州の入り口、白河の関に着いた時にはすでに秋になっていた。ずいぶん長い旅であったなあ、という感慨である。

当時は歩いて旅をするのであるから、春に旅立っても、ゆっくり歩いていれば、また途中歌枕などに立ち寄ったりしていれば、白河に到着するのが、秋口にもなったのである。
この歌に関しては、平安時代の末に藤原清輔《きよすけ》が著した歌論書『袋草紙』に、有名なエピソードが記されている。

能因、まことには奥州に下向せず。この歌を詠むために、ひそかに籠居《ろうきょ》して、奥州下向の由を風聞云々

（能因は、実際には奥州に下っていないが、この歌をまことらしく詠んでやろうとして、こっそりわが家にひきこもり、奥州に下った由の風聞を立てさせたという）

そしておそらくこの記事を踏まえて、『古今著聞集』などの伝える話に成長していくことになる。

能因は、いたれるすきものにてありければ、都をば霞とともに立ちしかど秋風ぞ吹く白河の関とよめるを、都にありながら、この歌をいださむこと念なしと思ひて、人にも知られず、久しく籠《こも》り居《ゐ》て、色を黒く日にあたりなして後、みちのくにのかたへ、修行のついでに詠みたり、とぞ披露し侍りける。

（能因はこの上もなく風流を好む人であったから、「都をば霞とともに……」と詠んだが、都に

いながらこの歌を詠んだといって披露するのは残念だと思って、人にも知られないようにして、久しく自分の家に籠っていて、日に当って色を黒くして後、「奥州の方へ修行の旅に出て、そのついでに詠みました」と言って披露した）

そして『愚秘抄《ぐひしょう》』（定家に仮託された偽書）になると、その蟄居《ちっきょ》ぶりまでが、さらにリアルに描かれている。

能因法師は、「秋風ぞ吹く」の歌が思いがけず頭に浮かんだ。しかしこの歌はその場に行かなくてはまず詠みがたい歌だと思い、この歌を披露するために、京都市中の風流人たちに、これからみちのくの旅に出かけますと声高に挨拶して、半年ほど家に引きこもった。軒を日の光が入る程度にこわして、天気の良い日には顔を日に焼いて黒くした。その後人々の前に現れて、いま修行の旅から帰りました、その旅で詠んだ歌ですと言って、この歌を人々に披露した。

こうしたことが書かれている。『後拾遺集』の詞書によると、能因は実際に奥州に旅をして、そこでこの歌を詠んでいる。そのことは、清輔も知っていたはずである。それなのにどうしてこのような説話を書きとめたのであろうか。

能因は、『古今著聞集』に「いたれるすきもの」と評されている人物である。「すきもの」というのは、趣味や芸道に凝っている人のことである。清輔はこうした説話を記録することで、「すきもの」として自他ともに許していた能因の真面目《しんめんもく》を伝えようとしたのであろう。たった一首の歌に命を吹き込むために、半年も家に引きこもる。ここには、今日の目からみると、ほとんど滑稽ともいえる努力を傾ける能因の姿が描かれている。

ともあれ能因のこの歌は、こうしたエピソードが生れたために、いち段と有名になった歌である。もちろん西行や芭蕉も、こうしたエピソードを伴ったこの歌を知っていたはずである。彼らの足をみちのくに向けさせる直接のきっかけになったのは、実にこの歌であったと言っても、決して言い過ぎではないであろう。

西行は久安三年（一一四七）頃、三十歳のころに陸奥の入り口である白河の関に足を踏み入れている。

白河の関屋を月の漏《も》る影は　人の心をとむるなりけり

〈白河の関屋も荒れて、今は月がもる〈洩る、守る〉のであるが、その月の光は、ちょうど関守が人を留めるように、私の心をとどめるのであったよ〉

西行がみちのくへ修行の旅に出て、白河の関に泊った折のことである。場所柄のせいか、いつもより月は興趣深く眺められ、能因が秋風ぞ吹く白河の関と詠んだのは、いつのことであったろうかと思い出されて、名残多く思われたので、関屋の柱に書き付けた歌だ、という詞書が付されている。

白河には、古く奈良時代に関が設けられていた。「関屋」は、関守の住んでいた家のことである。しかし今は、当時の関所の建物はもちろん、西行がこの歌を書きつけたという建物も残っていない。

関所の場所自体も、いくつかの説があり、今の白河神社のある関の森としたのは、文化九年（一八一二）まで白河藩主であった松平定信である。

芭蕉も、西行が白河の関を訪ねてから五百四十年余りを経た、元禄二年（一六八九）にここを訪れている。

芭蕉は『奥の細道』で、次のように記している。

何となく不安で落ち着かない、旅の日数がつもっていくうちに、今、白河の関に差しかかって、やっと旅の心も落ち着いた。昔、平兼盛が、この関を越えたという感慨を、何とかして都へ知らせたいと幸便《こうびん》を求める歌を詠んだその気持ちも、もっともなことである。数ある関所の中でも、この白河の関は、三関の一つに数えられて、文人墨客《ぼっかく》たちが深く心を寄せ、多くの詩歌を残している。あの能因の詠んだ秋風の音を耳にとどめ、また頼政の詠んだ紅葉《もみぢ》の景を思い浮かべながら、今目《ま》のあたりにする青葉の梢を眺めると、これもまたいちだんと情趣深いものがある。卯《う》の花が一面にまっ白に咲いているところへ、さらに茨《いばら》の花が白く咲き加わって、まるで雪景色の中を越えてでもいくような気がする。昔、古人がこの関を越える際、冠《かんむり》を正し、正装に着替えて通ったことなどが、清輔朝臣《あそん》の書いたものにも、書きとどめられているということである。

白河の関に着いて、まず「たよりあらばいかで都へ告げやらむ　今日白河の関は越えぬと」(伝手《つて》があったら、何とかして都へ告げ知らせたいものだ。今日、白河の関を越えたと)(拾遺和歌集)と詠んでいた平兼盛の歌が心に浮かび、共感を示す。さらに能因の歌「都をば……」(後拾遺集)や源頼政の「都にはまだ青葉にて見しかども　もみぢ散り敷く白河の関」(都ではまだ木々の青葉を見て旅立ったが、ここ白河の関に来てみると、紅葉が散りしいていることだ)(千載集)を思い浮かべながら眼前の青葉の景を眺めてみると、一層興趣深いものがあるという。

また「昔、古人が……」と言っているのは、藤原清輔の『袋草紙』に、竹田大夫国行《くにゆき》という者が陸奥に下向する時、ここは能因が「秋風ぞ吹く白河の関」と詠んだところだからと敬意を表し、正装に改めて通ったという記述があり、それを思い浮かべているのである。

そして この文章の後に、曾良の句

卯《う》の花をかざしに関の晴れ着かな

（古人はこの関を越えるのに、衣冠を改めて通ったと伝えられているが、自分たちにはその用意がないから、折からあたりに咲き乱れている卯《う》の花を髪にさし、それを晴れ着にして、この関を越えることにしよう）

を記して、この章を結んでいる。

西行はさらに旅を続け、信夫《しのぶ》（福島市）、武隈《たけくま》の松（宮城県岩沼市）などを見て、実方中将の墓を訪ねている。

藤原実方は、平安朝中期の歌人である。『百人一首』には、実方の次のような歌がとられている。

かくとだにえやはいぶきのさしも草　さしもしらじな燃ゆる思ひを　（後拾遺集）

（こんなにも恋こがれています、とただそれだけでも言いだしかねているのです。伊吹山のさしも草ではありませんが、こんなにも燃える切ない思いを、あなたはご存じないでしょうね）

この実方については、次のようなエピソードが知られている。
ある年、東山での花見の折に、にわか雨が降り出して、人々が慌《あわ》てふためいた時に、実方は桜の木の下に悠然と立って、次のような歌を詠んだ。

桜狩《さくらがり》　雨は降りきぬおなじくは　濡《ぬ》るとも花の影に隠《かく》れむ　（拾遺集）

（桜狩をしていると、雨が降ってきた。同じことなら、たとえ濡《ぬ》れるとしても、花の影に隠れよう）

「桜狩」は、花見のことである。これに対し行成が「歌はおもしろし、実方は烏滸《をこ》なり」（歌は面白いが、実方は馬鹿だ）と悪しざまに評した。

鎌倉時代初期に成立した説話集『古事談』には、その後日譚が記されている。それによると、その後、二人が清涼殿で会ったことから、口論となった。実方は怒りのあまり、行成の冠をとって、地面にたたきつけた。それをたまたま一条天皇が見ておられた。宮廷で狼藉《ろうぜき》を働いたとあっては、見過ごすことはできない。実方は「歌枕見てまいれ」と言われて、陸奥守として左遷され、任地で亡くなったという。

実際には、自ら望んで赴任したのであるが、ともあれ遠いみちのくの任地で客死した貴公子は、多くの人の同情を呼び、さまざまな伝説を生むことになった。

その一つが、道祖神をめぐる『源平盛衰記』や『十訓抄《じっきんしょう》』などが記す記事である。あるとき、実方は馬に乗ったまま道祖神の前を通ろうとした。周囲の人が馬から降りて拝礼して通るように注意したけれども、それを無視して通ったので、神の怒りに触れて、落馬して死んだというのである。

西行がこうしたエピソードで知られた実方の墓を訪ねたのは、実方の死後、百五十年程経ってからのことである。実方の墓は、JR線の仙台に近い名取駅から、少し入ったところにある。『山家集』には、実方の墓をたずねた折に詠んだ歌が、その折の事情を記した長い詞書を伴って載っている。

陸奥の国に参った折に、野の中に普通よりも立派な塚が見えたので、人に尋ねてみると、中将の墓だということであった。中将とは誰のことかとまた尋ねると、実方のことだという。たいへん悲しかった。そうでなくてさえ、ものあわれに思われるのに、霜《しも》枯れのすすきが、野一面にかすかに見渡されて、後になって語ろうにも、言葉もないように思われて、次のように詠む。

朽ちもせぬその名ばかりをとどめおきて　枯野の薄《すすき》形見にぞ見る

（歌人として朽ちることのない名だけはとどめ置いて、実方はこの地に骨を埋めたが、枯野の薄をその形見として見ることだ）

西行は、普通よりも立派な墓だとしているが、今日行ってみると、小高く土を盛っただけの、どうみても立派とは言い難い墓である。当時と墓の形状が変ったのであろうか。
西行が訪れた数百年後に、白河の関に立ち寄った芭蕉も、この実方の墓を訪ねようとした。

・

『奥の細道』には、次のようにある。

鐙摺《あぶみすり》や白石《しろいし》の城を通過して、やがて笠島《かさしま》の郡に入ったので、近衛中将藤原実方の墓は、どのあたりであろうかと思って、人に尋ねたところ、「ここからはるか右手に見える山沿いの村を、箕輪《みのわ》・笠島と言い、そこには道祖神の社や形見の薄が今でも残っています」と教えてくれた。だがこの頃の五月雨で、道がたいへん悪く、体も疲れていたので、遠くから眺めるだけで通り過ぎたが、それにつけても箕輪・笠島という地名も、折からの五月雨の季節にうまく合っているなと、おもしろかったので、として芭蕉はここで一句を詠む。

笠島《かさしま》はいづこ五月《さつき》のぬかり道

（実方の塚があるという笠島は、いったいどのあたりであろうか。折からの五月雨のぬかり道に行く手が阻まれ、どうにもならない）

梅雨時で道がたいそう悪く、疲れてもいたので、実際には実方の墓を尋ねることが出来なかったが、このようにかつて名歌が詠まれた場所に、文人が訪れて、そこでまた歌や俳句が詠まれる。このように、繰り返し特定の場所で歌や句が詠まれることによって形成された歌枕も少なくない。

西行はさらに旅を続け、十月十二日に平泉に到着した。

十月十二日、平泉にまかり着きたりけるに、雪降り、嵐激しく、ことの外に荒れたりけり。いつしか衣河見まほしくて、まかり向かひて見けり。河の岸に着きて、衣河の城しまはしたる事柄、様《やう》変りてものを見る心地しけり。汀《みぎは》凍りてとりわき冴えければ

とりわきて心もしみて冴えぞわたる　衣河見に来たる今日しも

(十月十二日、平泉に着いたが、雪が降り、嵐激しく、ことのほか荒天であった。早く衣河が見たくて、衣河に行ってみた。河の岸について、衣河の城を立派に作り上げている事柄や様子が変わっていて、特に立派なものを見る心地がした。汀が凍って、とりわけ冴えていたので／とりわけ心に深くしみて冴えわたることである。衣河を見に来た今日という今日は)

同族、奥州藤原氏を訪ねることが、主たる目的の一つであったから、平泉に着いて、荒天をつき、とるものもとりあえず衣河に駆《か》けつけている。都ではついぞ見かけなかった戦《いくさ》の仕掛けに驚嘆している。これから訪ねる同族の居城を目の当たりにした西行の緊張した佇まいが窺われる。

この平泉の地では、まず藤原秀衡に会って挨拶をしたことと思われる。そしてここで、奈良から罪を得て流されてきた僧侶たちに会っている。

涙をば衣川にぞ流しつる　古き都を思ひ出でつゝ

(涙を衣の袖に、そして衣川に流したことだ。旧都奈良を思い出しつつ)

この歌は、『山家集』にはないが、『山家心中集』や『西行上人集』に載っている。康治元年(一一四二)、奈良の衆徒による乱逆の咎《とが》で、十五人の僧が陸奥に流された。南都の僧にこうした刑罰が加えられたことは、かつてなかったことだという。

その僧侶たちに思いがけず会い、西行が都の話をして聞かせると、僧侶たちは涙を流してそれを聞いたという。その僧侶たちの境遇と心情に深く同情して、「遠国述懐」という題で、共に歌を詠んだのである。

ここで年を越し、ゆっくり滞在して、春には出羽（秋田・山形）を訪れる。その滝の山（山形市）という山寺では、寺の人々と共に見物に興じている。

たぐひなき思ひ出羽《いでは》の桜かな　薄紅《うすくれなゐ》の花の匂ひは
（比べることもできないほどの思い出になる出羽の桜であることだ。薄紅色の花の美しさは）

ふつうより色の濃い桜の木が並び立っているのを見て、感嘆している。

出羽から下野（栃木県）を通り、帰京した。歌枕を訪ねることも、大きな目的であったと思われるから、初度の奥州への旅は、全体としてゆったりとした日程で行われている。

帰京してほどなく高野山へ上り、ここを本拠に、約三十年の歳月を送ることになる。

五十代に入ると、西国・四国へ長途の旅、また七十に近い年齢で二度目の奥州への旅を敢行しているが、この間も高野山を拠点に、畿内各地に頻繁に出かけている。

旅に多くの時間を過ごしたことは、西行の歌の世界を大きく拡《ひろ》げることとなった。豊富な旅の経験は、旅中詠のみならず、眼前の景に触発されて、遠くかつて訪れた地に思いを馳せる、といった種類の秀歌を多く生んでいる。

あはれいかに草葉の露のこぼるらむ　秋風立ちぬ宮城野《みやぎの》の原　（新古今集）

（ああ、宮城野の原では、今ごろどれほど草葉から露がこぼれ落ちているだろうか。秋風が吹きはじめたが）

宮城野は、古く「みさぶらひ御笠《みかさ》と申せ宮城野の　木《こ》の下露《したつゆ》は雨にまされり」（お供の方よ、ご主人に御笠をどうぞと申し上げなさい。この宮城野の木の下露は、雨以上に濡れるものなのだから）（古今和歌集・東歌）などと歌われ、露繁き所として知られた歌枕である。

西行はおそらく今、都にいて、「秋風立ちぬ」という眼前の景に触発され、かつて遠く訪れたことのある仙台の宮城野の原が、あざやかに脳裏によみがえってきたのである。さっと吹きしく一陣の風によって、草の葉から一斉に露のこぼれ落ちるさまが、三句切れ、四句切れのリズムで、生き生きと描かれている。

雲かかる遠山畑《とほやまはた》の秋されば　思ひやるだに悲しきものを　（新古今集）
（秋がやってくると、雲がかかっている遠い山の中の畑を思いやるだけでも、悲しく思われる）

この歌でも、西行は今、都か平地にいて、脳裏に焼きついている雲のかかる遠い山の中の畑を遥かに思いやっているのである。秋が来て、高地にしがみつくように暮す人々の生活上の難儀に、深い共感を寄せている。「悲しきものを」の句に、それがよく表われている。西行自身の旅や草庵における難儀と重なるものがあるからであろう。

秋篠《あきしの》や外山《とやま》の里やしぐるらむ　生駒《いこま》のたけに雲のかかれる　（新古今集）
（秋篠の外山の里は、今しぐれているだろうか。生駒のたけには雲がかかっている）

秋篠の里は、奈良市北西部の地名で、いま秋篠寺のあるところである。外山は、人里近い山の意で、ここでは秋篠を生駒山の外山の里と言っている。生駒山に雲のかかる眼前の景によって、秋篠の里はしぐれているだろうかと、秋篠とその地に生活する人々に思いを馳せたのである。

これらの歌はすべて『山家集』にはなく、『新古今和歌集』に「題しらず」として採録されている。また、「あはれいかに」は「御裳濯河歌合」に、「秋篠や」は「宮河歌合」にも、それぞれ自撰している。そして定家もこれらをいくつかの自らの秀歌選集に選んでいる。おそらく西行の晩年に近い頃に詠まれた歌なのであろう。

想起されているものが、単なる自然の景ではなく、その地に生活する人々の上にあたたかい思いを寄せている点、例えば「深山《みやま》には霰降《あられふ》るらし外山《とやま》なる　まさきの葛《かづら》色づきにけり」（深山には霰が降っているらしい。里近い山のまさきの葛《かづら》が色づいている）（古今集・神遊びの歌）といった歌と比較すると、発想は同じでも、かなり異なる歌の世界であることが理解されよう。

このように遥かに美を憧憬する浪漫的精神が、西行の世界の一つの特質をなしている。西行の歌には、しばしば遠い曾遊《そうゆう》の地が、眼前の景を媒介に懐かしく想起され、自然の情景とともに、その地に暮らす人々やその生活があたたかな目で描かれているのである。

生涯、旅を繰り返した西行には、当然のことながら旅の中で嘱目《しょくもく》した景や、旅にあっての感慨を歌った歌も多い。

道の辺《べ》に清水流るゝ柳かげ　しばしとてこそ立ちどまりつれ　（新古今集）
（道のほとりに清水が流れている柳の陰に、ほんの少しの間と思って立ちどまっただけなのに。思わず知らず、長い時間を過ごしてしまった）

いつどのような旅の途次《とじ》であったのかわからない。おそらく夏の炎天下、ぐったりしながら歩いてきて、道端の柳の下に清水が湧き出しているのがふと目に入る。ほっとして立ち止まり、水を飲もうと、ほんのしばしと思って立ちどまっただけなのに、柳の木陰があまりに快適で、思わず長い時間過ごしてしまった。さあ、急がなければ、という気持が、この歌の背後には余情として感じられる。

実際の旅の中での体験であろう。まことに爽やかで、清新な調べの歌である。この歌はどこの柳を詠んだものなのかわからないが、後世《こうせい》、謡曲「遊行柳《ゆぎょうやなぎ》」では白河関付近の柳ということになり、芭蕉は『奥の細道』の旅で、那須付近の蘆野《あしの》の里に西行が歌に詠んだとされる柳を訪ね、「田一枚植ゑて立ち去る柳かな」の句を詠んでいる。芭蕉の時代には、蘆野の里で西行がこの歌を詠んだとする伝承が、すでに出来上っていたのである。

よられつる野もせの草のかげろひて　涼しく曇る夕立の空　（新古今集）

（あまりの暑さに、よじれていた野一面に生い茂った草が陰り、急に涼気が渡って空が曇ってきた、夕立の来る空よ）

これもどこで詠まれた歌かわからない。「野もせ」は、「野も狭《せ》」で、野も狭いほどに、の意。きわめて写実的に、生き生きと情景を描写した歌である。特に下句「涼しく曇る夕立の空」という清新な表現は、多くの新古今歌人たちに感銘を与え、その影響のもとに詠まれた歌を数多く生み出すことになった。

藤原為家は『詠歌一体』で、名歌の中で用いられている独創的な秀句を、後人が安易に乱用して、その詩句の詩的生命が低下するのを防ぐために、その独創的な詩句を「主《ぬし》ある詞《ことば》」として安易に用いることを制したが、この「涼しく曇る」も、その中に加えられている。

津の国の難波《なには》の春は夢なれや　蘆《あし》の枯葉に風わたるなり　（新古今集）

（この摂津の国難波江の、若葉の燃え立った春の風景は、夢だったのであろうか。今来てみると、蘆の枯葉に風が蕭条と吹きわたっているばかりだ）

「津の国」は、難波のある摂津の国（今の大阪）。この歌は、能因の「心あらん人に見せばや津の国の　難波わたりの春の景色を」（情趣を解する人に見せたいものだ。この摂津の難波あたりの春の光景を）を本歌として踏まえている。

春に若葉が美しく萌えたっていた蘆も、冬の今、この難波江に立ってみると、水辺の蘆は皆冬枯れとなっていて、その変りようは夢のようだというのである。かつて見た難波の春の美しい情景が「夢」ということばで否定され、眼前には冬枯れのわびしい景色が現れる。その二つの情景が二重写しとなって、この世が無常であることを語りかけているのである。

6　山里の西行

西行は、出家後の多くの歳月を、旅と山里での修行生活に送っている。実際に旅にあった日々は、すべてを加えても数年以内のことであろうから、山里の草庵における修行生活が、時間的にはむしろ多くを占めていることになる。草庵を結んだ場所は、主として都の周辺、高野、吉野、伊勢、讃岐などであった。遁世者と言っても、水や食糧など、最小限の生活必需品はあったから、人里から離れすぎてもいず、といって修行の妨げになるほど近すぎもしない場所が庵を結ぶ地として選ばれた。

都の周辺であれば、東山、北山、大原、嵯峨野あたりがそれである。こうした所に、雨露を凌ぐ程度の粗末な小屋を作り、時には幾日も人と顔を合わせることもなく、ひたすら自己と向いあっていたのである。草庵における生活は、誠に寂しいものであった。以下の歌は、そのような生活の中で詠まれたものである（数が多いので、訳文は省略する）。

鹿の音《ね》を垣根《かきね》にこめて聞くのみか　月も澄《す》みけり秋の山里

庵《いほ》に漏《も》る月の影こそ寂《さび》しけれ　山田は引板《ひた》の音ばかりして
いづくとてあはれならずはなけれども　荒れたる宿ぞ月は寂しき
虫の音もかれゆく野辺の草むらに　あはれを添へて澄める月影《つきかげ》
ひとり寝の寝ざめの床のさむしろに　涙もよほすきりぎりすかな
山里は秋の末にぞ思ひ知る　悲しかりけり木枯《こがらし》の風
おのづからおとする人もなかりけり　山めぐりする時雨ならでは
冬枯《ふゆが》れのすさまじげなる山里に　月の澄《す》むこそあはれなりけれ
水の音はさびしき庵の友なれや　峯の嵐の絶え間絶え間に
ひとりすむ庵に月の射《さ》しこずは　なにか山辺の友にならまし
濡《ぬ》るれども雨もる宿のうれしきは　入り来《こ》む月を思ふなりけり
身に染《し》みし荻《をぎ》の音にはかはれども　柴《しば》吹く風ぞげにはもの憂《う》き

いずれも『山家集』中の歌である。二首目の「引板《ひた》」は、流れ落ちる水口に板を当てて、板が揺れて音が出るようにした仕掛けである。五首目の「きりぎりす」は、この時代、コオロギを指す。草庵生活の寂しさは、秋や冬には殊に痛切であった。夜ともなれば、深い闇に閉ざされる。身を切るような孤独の中で、西行は、風や引板や水の音にじっと耳を傾け、小さな動物たちと心通わせるのである。月の夜には、月を眺めて思念を凝らし、時には月に向って一晩中涙する。そうした生活が、西行の生活の主要部分をなしている。庵の中で静かに思念を凝らし、経を読み、書物を繰り、歌を案じる日常であったと思われる。

きりぎりす夜寒に秋のなるまゝに　弱るか声の遠ざかりゆく　（新古今集）

（コオロギは、秋も夜寒になっていくにつれ、弱るのであろうか。声が次第に遠ざかっていく）

「御裳濯河歌合」にも自選している歌である。西行は「きりぎりす夜寒になるを告げ顔に枕のもとに来つゝ鳴くなり」とも、親愛の情を込めて歌っているが、秋の深まりとともに、次第に寒さを増していく庵の中で、じっとコオロギの鳴き声に耳を傾けている。そしてその声が次第に小さくなっていくのを「遠ざかりゆく」と、距離的感覚で捉えている。コオロギが遠ざかるわけではない。コオロギの命が次第に終末に向かっていくのを予感しているが、その予感は、当然自分自身に向うものでもある。

さびしさに堪へたる人のまたもあれな　庵並べん冬の山里　（新古今集）

（山里の寂しい生活に堪えている人が、自分のほかにもあるとよいがなあ。そうすれば、庵を並べようものを。この冬の山里に）

「さびしさに堪へたる人」は、堪えがたい寂しさにじっと耐えている人、すなわち自分のような人である。孤独な生活にじっと耐えながらも、なお真に心の通い合う友を求めようとする——そういう人恋しさ、人なつかしさが感じられる。寂しさに泰然としていられるのではない。そうした西行という詩人の資質をよく伝える歌である。

訪《と》め来《こ》かし梅さかりなる我が宿を　うときも人は折にこそよれ　（新古今集）

（訪ねて来てくださいよ、梅が花盛りの我が宿を。疎遠にしているのも時によりけりですよ）

霜さゆる庭の木の葉を踏み分けて　月は見るやと訪《と》ふ人もがな　（御裳濯河歌合）

（霜が冴《さ》えわたる庭の木の葉を踏み分けて、月を見ていますかと、訪ねてくれる人があってほしいものだなあ）

山里にうき世いとはむ友もがな　くやしく過ぎし昔かたらむ　（新古今集）

（この山里にうき世を厭う友がいてくれるとよいのだが。悔《くや》しく過ぎ去った昔を共に語り合おうものを）

季節の違いはあっても、心を同じくする人を求める思いは、共通する。西行は悟り澄ましたように、孤高を楽しむ人ではない。独り居の中でも、絶えず人恋しさがうずいている。

西行を論ずる場合、他者との接触において詠まれた歌が、伝記資料としての意義をもつところから、多く採りあげられるが、『山家集』においては、むしろこのような草庵生活の中での、ほとんど詞書らしい詞書も付されずに詠み置かれた歌が、多数を占めている。西行の出家を、草庵生活を楽しむためとする見方もあるが、そうではあるまい。「くやしく過ぎし昔」なのであり、それゆえに「うき世」を厭うたのである。

草庵生活の実態は、むしろ孤独かつ苛酷なものであって、ある程度の修行生活の積み重ねの後に、ようやく閑暇を楽しむ心の余裕も、生れてきたのであろう。

注意すべきは、こうした厳しい草庵の修行生活は、自らの意志で行っていることで、他からの強制によるものではないということである。やめようとすれば、いつでもやめることができたのである。

そしてまた、これは周囲によって評価されることのない修行である。比叡山における千日回峰行――それは、生死が隣り合ったような難行である――に従う修行僧は、これを達成すれば結果として阿闍梨《あじゃり》の位《くらい》と人々の高い尊敬を得ることができる。阿闍梨は、弟子の師範となる高徳の僧に対する尊称である。満行を果たした修行僧を、京の人々は生き仏として、手を合わせて拝んでいる。

それに対し草庵における修行は、そうした評価とは一切無縁である。こうした生活をいくらしたところで、人々の賞賛が得られるわけではない。それでもなお、こうした生活を選ばしめるものは、一体何であるのか。そのことをよく考えてみる必要があろう。おそらく自己という正体不明なものと格闘することが、西行の主要な関心事だったのではなかろうか。

花みればそのいはれとはなけれども　心のうちぞ苦しかりける
（桜の花を見ていると、特にこれといった理由があるわけではないけれど、心の内が苦しいのだ）

行方《ゆくへ》なく月に心の澄みすみて　果《は》てはいかにかならむとすらむ
（行方も分からずに月に心がどこまでも澄んでいく。果てはいったいどのようになっていくのだろうか）

ながむればいなや心の苦しきに　いたくなすみそ秋のよの月
（眺めていると、いやもう心が苦しくなる。だからあまり澄まないでおくれ、秋の夜の月よ）

うかれ出《いづ》る心は身にもかなはねば　いかなりとてもいかにかはせむ
（我が身から抜け出していく心は、わが身にもどうにもならないので、どのようになれと願っても、

どうにもならない）

心から心に物を思はせて　身を苦しむる我が身なりけり
（わが心から心へ物思いをさせて、身を苦しめているわが身であるなあ）

いずれも『山家集』中の歌である。「心から心に物を思はせて」――これは、恋歌として詠まれたものであるが、このような歌句に、西行という人間の性格の一面が、非常によく表われているように思われる。花を見ても、月を眺めても、しばしば意識は己自身に戻ってくる。その強すぎる自意識が我と我が身を苦しめるのである。

西行は最晩年に、自己の生涯にわたる詠歌活動の総決算ともいうべき二つの歌合を編み、それぞれ伊勢神宮の内宮《ないくう》と外宮《げくう》に奉納している。「御裳濯河歌合」と「宮河歌合」がそれで、前者は藤原俊成に、後者は藤原定家に判を依頼している。歌合というのは、二首の歌を番えて、そのどちらがすぐれているかを、判者が判定するもので、その判断の理由を記したものが判詞である。

前者はほどなく完成して西行の元に届けられたが、後者はまだ若い定家への依頼であり、なかなか出来上らなかった。途中しばしば西行に激励、督促されて、当時河内の弘川寺で病床に臥していた西行のもとへ、判詞の草稿が届けられる。首を長くして待っていた西行はそれを病床でむさぼるように読み、定家への礼状をしたためている。「贈定家卿文」と呼ばれるものがそれである。

その中で、九番左の

世の中を思へばなべて散る花の　わが身をさてもいづちかもせむ

（世の理《ことわり》を思えば、すべては散る花のごとくはかない存在である。それにしてもこの我が身を、一体どこへもっていけばよいのだろうか）

という歌に付された定家の判詞

左歌、世の中を思へばなべてといへるより終りの句の末まで、句ごとに思ひ入れて、作者の心深く悩ませるところ侍れば、いかにも勝侍らむ

（左歌は、「世の中を思へばなべて」と言ってから、終わりの句に至るまで、句ごとに思いを込めて、作者の心を深く悩ませて詠んでいるところがありますので、いかにも勝ちと申すべきでありましょう）

を受けて、「作者の心深く悩ませるところ侍ればと書かれ候、かへすがへすおもしろく候ものかな。なやませると申す御こと葉に、よろづ皆こもりて、めでたく覚え候。これ新しくいでき候ぬる判の御こと葉にてこそさふらふらめ」（あなた様の判詞では、「作者の心深く悩ませるところ侍れば」と書かれております。実に趣《おもむき》のあることですね。「悩ませる」とあること葉に、すべてが込められていて、実に素晴らしく思われます。これは新しくできた判のことばなのでしょう）と、自らの人生と歌の本質をずばりと指摘してくれた定家の判詞に対し、最大級の賛辞を感激を込めて綴っている。

「作者の心深く悩ませる」……これが西行という歌人の生涯にわたって格闘したテーマであり、本質であった。そうでなければ人生の終焉《しゅうえん》に臨んで、このような真情を告白するはずがない。

草庵の修行生活とは、そのような容易に制御《せいぎょ》し難い己《おのれ》との闘いだったのであろう。旅は、当面の目的を持ってはいたが、そのような強すぎる自意識に苦しむ自己を、束縛から解き放つ意義をも持っていたであろう。

出家によって西行が目指したものは、仏道修行と作歌修行を通じて、我と我が身を苦しめる呪縛《じゅばく》から自らを放ち、真の精神の自由を獲得することにあったろうと考える。

教団や歌壇において地位を得ることは、少なくとも彼の主要関心事ではなかった。もし仏教界で地位を得ようとすれば、彼の能力からすれば、十分に可能だったであろうが、そうした方向で努力した形跡はみられない。

また親しい仲間と歌会を楽しむことはあっても、公的な歌合の場には出ていない。これはかなり意識的なものだったと思われる。歌壇的な名声を得ることも、同様に関心の外だったのであろう。

出家後の西行は、世間的な評価を求めるのではなく、こうした自らに課した厳しい課題と、生涯にわたりきわめて生真面目に取り組んでいるのである。遁世という生活形態では、西行以前にも先蹤となるべき歌人もいたが、生涯にわたり精進を重ねた結果、そうした歌人達とは、格段に異なる宗教的な、また歌人としての達成を示しているというべきであろう。

7　自然へのまなざし

自然の中で暮らした西行は、小さな動物や植物に心を通わせ、親和した歌を多く詠んでいる。

真菅《ますげ》生《おふ》る山田に水をまかすれば　うれし顔にも鳴く蛙《かはづ》かな
（真菅の生えている山の中の田に水を引き入れてくると、いかにもうれしそうに鳴く蛙であるなあ）

蛙のうれしそうな表情まで、見えるようである。

みまくさに原の小薄《をすゝき》しがふとて　臥処《ふしど》浅《あ》せぬと鹿思ふらむ
（馬草として原のすすきを刈り束ね、その末を結び合わそうとして、ふと考えてみると、鹿は寝る所が浅くなって、荒れてしまったと思うだろう）

「まくさ」は、室町頃からは「まぐさ」というかたちも現れるが、馬の飼料の馬草である。

「しがふ」は、刈り取った草の束を、末の方でくくり束ねること、また「浅《あ》す」は、茂みが浅くなることをいう。

馬草を刈り取るという行為を描くこと自体、専門歌人の埒外《らちがい》のものだが、西行は、馬草を刈り取るという行為の及ぼすところを見つめようとする。それは、鹿の寝床を奪うことにもなるのだ、というのである。

こうして小さな動物たちに、西行は暖かい目を注いでいる。それは単に、生き物に対してだけではない。植物やそれらを含む自然をも、自己と区別のないものとして、大きく包摂しているのである。こうした外界《がいかい》に対する接し方は、もちろん西行の生来の資質によるものであるが、同時にそれは、仏教的世界観によるものでもある。西行の歌には、自他の区別のない世界を志向する仏教の理想が、おのずからにして具現されていると言ってよい。生来の資質を、修行を積むことによって、深めていったのであろう。そうした仏教的なものに、美への憧憬が加わったところに、西行的世界の一つの特質が認められる。

久《ひさ》に経てわが後《のち》の世を問へよ松　跡しのぶべき人もなき身ぞ

（久しい年月が経っても、私の後世《ごせ》を弔《とむら》っておくれ、松よ。私の死後を偲《しの》んでくれる人もない身であるから）

こゝをまた我住み憂《う》くて浮かれなば　松はひとりにならむとすらむ

（ここをまた、私が住み憂くなって住み捨てたら、松よ、おまえはまた、ひとりぼっちになってしまうだろうなあ）

西行は仁安二年（一一六七）かその翌年に、四国へ旅をしている。その目的は、崇徳院の墓に詣でることと、崇敬する弘法大師の遺跡を巡る事であった。その四国で弘法大師ゆかりの善通寺の近くに庵を結んだ時期があったが、その庵の前に松が立っていた。その松に向かって詠みかけたのである。

ここでは松は自分と対等の人格として扱われている。人間と植物の垣根は、まったく取り払われている。そして一人ぼっちになる松に対する思いは、小さな動物に寄せる思いと同じである。それは大峰で思いがけず桜の花を見て詠んだ、大僧正行尊の歌の境地にも近い。

もろともにあはれと思へ山桜　花よりほかに知る人もなし

行尊

（金葉和歌集・百人一首）

（私がお前を懐かしく思うように、お前もまた私を懐かしく思っておくれ、山桜よ。今の私には、花のお前よりほかに、知っている人はいないのだ）

ともに植物ですら人間と同等の命を持っているものとして、詠まれている。

こうした同じ命あるものに対する親しい思いは、明恵《みょうえ》ともなると、さらに徹底して、命のないものにまで及んでいく。

雲を出《いで》て我に伴《ともな》ふ冬の月　風や身にしむ雪やつめたき　明恵　（玉葉集）

（雲を出て私についてくる冬の月よ。風が身にしむのか、雪が冷たいのか）

この歌では、雲から出て、まるで私についてくるように見えた冬の月に向って、さぞ寒かろうと、月をいたわっているのである。

西行が草庵での生活でとりわけ親しんだのは、花とともに月であった。自選の『山家心中集』の伝西行自筆本では、内題の下に、俊成によるかと思われる筆跡で「花月集ともいふべし」という副題が付されている。

現代とは異なり、照明の手段に乏しいこの時代、特に草庵における生活では、夜になれば暗闇になるから、目は自然と月に向かうことになる。

月をまつ高根の雲は晴れにけり　心あるべき初時雨かな　（新古今集）

（月を待っていると、高嶺にかかっていた雲は晴れたことだ。いかにも物の情趣を解するような初時雨であるなあ）

小倉《をぐら》山ふもとの里に木の葉散れば　梢に晴《はる》る月を見るかな　（新古今集）

（小倉山の麓《ふもと》の里に木の葉が散ると、葉を落とした梢のあたりに晴れた月を見ることだ）

月が出れば、ある程度行動の自由もきくから、月の出がしきりに待たれるのである。こうして自然の中で生活し、親しんだ西行には、自然を詠んだ秀歌が多数生まれている。

岩間《いはま》とぢし氷も今朝は解けそめて　苔の下水道《したみづ》もとむらむ　（新古今集）

（岩間を閉ざしていた氷も今朝は解け始めて、苔の下を流れる水は、流れ出る道を求めているのであろう）

山里での修行生活は、冬の間は殊につらいものだった。岩間に閉ざされていたのは、氷であるとともに西行の心でもあったのである。それが立春を迎えた今、氷が解けるとともに解き放たれた。そうした喜びの心が背後に感じられる。

降り積みし高嶺のみ雪とけにけり　清滝川の水の白波　（新古今集）
（降り積もっていた高嶺のみ雪が解けたのだなあ。清滝川の水に白波が立っている）

清滝川は、山城国の歌枕で、三尾《さんび》と呼ばれる栂尾《とがのお》、槙尾《まきのお》、高尾などを経て、保津川（桂川）に注いでいる川である。水の白波の清冽な印象に強く打たれたのである。これも直接には表現されていないが、春の訪れを喜ぶ心が、歌の背後に感じられる。清滝川という名前が持っている語感の美しさが、歌の印象を強くしている。

ほととぎす深き峯より出にけり　外山《とやま》のすそに声の落ちくる　（新古今集）
（ほととぎすが深い峰から出てきたのだな。この人里近い山の麓《ふもと》に、その声が落ちてくることだ）

「外山」は、奥山ではなく、人里に近い山をいう。その山裾《やますそ》から「声の落ちくる」――実に印象的な秀句で、ほととぎすの声があたかも空からすっと落ちてくるように聞こえるさまを、視覚的に表現したものである。この斬新《ざんしん》な表現を慈円、家隆、藤原良経、後鳥羽院などが早速に自らの歌に取り入れている。

横雲の風に別るゝしのゝめに　山飛び越ゆる初雁《はつかり》の声　（新古今集）

（横雲が風に吹かれて山と別れる夜明け方に、その山を飛び越える初雁の声が聞こえる）

「しののめ」（東雲）は、夜明け方、わずかに東の空が白む頃の意。「春は曙。やうやう白くなりゆく山ぎは少しあかりて、紫だちたる雲の細くたなびきたる」という『枕草子』を思わせる絵画的、視覚的なものに、「初雁の声」という音楽的、聴覚的なものが加わった情景が、まず描かれる。そこに雁が鳴きながら山を飛び越えていくという動きが加わって、まことに鮮やかな印象をもつ歌である。

この歌は、定家の代表作の一つといってよい「春の夜の夢の浮橋とだえして　峯に分かるる横雲の空」にも影響を与えている。

白雲をつばさにかけて行く雁《かり》の　門田《かどた》の面《おも》の友したふなる　（新古今集・宮河歌合）

（白雲をつばさにかけて飛んでいく雁が、門前の田のほとりにいる友の雁を慕って、鳴いているようだ）

雁が白雲の中を高く飛びゆく姿を「白雲をつばさにかけて行く」と捉えたのである。この颯爽とした表現は、西行の独創であろう。

「友したふなる」も、いかにも西行らしい、人懐かしい感覚の表現である。自然の動物や植物にも、人間と同じような感情を移しているのである。

古畑《ふるはた》の岨《そば》の立つ木にゐる鳩の　友呼ぶ声のすごき夕暮　（新古今集）

（古畑近くの崖に立っている木に止まっている鳩が、友を呼んで鳴く声がする。その声がぞっとするほど荒涼として聞える夕暮であることだ）

「古畑」は、しばらく耕されていない荒れた畑である。「岨《そば》」は、山の切り立った斜面をいう。だからこの畑は、山間にあったのであろう。「すごし」はぞっとするほどの荒涼たる感じを言うことばで、和歌にはあまり使われないが、西行はむしろ好んで用いた。

古畑の岨の立つ木で、夕暮に鳴く鳩の声を「すごし」……ぞっとするような思いで聞いたのである。そしてその鳩の鳴き声を「友呼ぶ声」として受け止めている。その鳩に、西行は自らの姿を重ねているのかもしれない。

8　大峰修行

西行は大峰山《おおみねさん》で修行している時期がある。その時期がいつのことかはわからない。ただその修行が過酷を極めるものであるところから、高野山を中心として修行生活をした時期の比較的早い頃、壮年期のことであろうと考えられる。

『山家集』には、陽明文庫本でいえば中巻に二首、下巻に十六首、大峰山中で詠まれた歌がそれぞれまとまって収められている。

修験道というのは、役小角を祖とする仏教の一派で、日本古来の山岳信仰に基づき、本来山中の修行によって、超自然的な霊力を獲得することを目的としていた。大峰山はその根本霊場である。

西行の大峰修行については、どのような動機で入山するようになったのか、これもまったくわからない。ただ『古今著聞集』には、次のようなことが記されている。

西行は大峰に入山しようと思う志は深かったけれども、僧侶の身では尋常のことではないので、思い煩って日を過ごしていたが、当時名の聞えた山伏修験者である宗南坊《そうなんぼう》僧都行宗《ぎょうそう》がそのことを聞きつけて、「何の障《さわ》りがありますか。仏道に入る縁を結ぶためには、そのままで差し支えありません」と言ったので、喜んで入山を思い立った。「私のようなこの道に浅い者が、山伏の礼法にかなったやり方でやり遂げることは、とてもできそうにありません。ただ何事も免じて下さるならば、お供致しましょう」と言ったので、宗南坊が「あなたが我々山伏の作法に通じておられないことは、みな知っています。山伏の大峰修行に同行できるかどうかは、その人次第で、あなたなら大丈夫です」と言ったので喜び、やがて一緒に入山した。

宗南坊があれほど確かに約束したことをみな反故《ほご》にして、ことに礼法を厳しく責《せ》めさいなんで、人よりも殊に痛めつけたので、西行は涙を流して、「私はもとより名誉や評判を好まず、利益をむさぼろうとも思いません。ただ結縁のためにとこそ思ったのに、このようにおごりたかぶった先達であったとはつゆ知らず、身を苦しめ、心を砕くことになることが悔しい」と言って、さめざめと泣いた。

それを宗南坊が聞いて、西行を呼んで言うには、「西行上人が道心堅固で、難行苦行しておられることは、世間ではみな知っています。人はそれで帰依しているのです。その求道ぶりが立派であるからこそ、この大峰での修行をお許ししたのです。先達の命令に従って身を苦しめ、木を樵《こ》り、水を汲み、あるいは落ち度を責めることばを聞き、あるいは鞭《むち》で打たれる、これすなわち地獄の苦を償《つぐな》うことになるのです。一日の食べ物が少なくて忍び難いのは、餓鬼《がき》の悲しみに報いているのです。また重い荷物を背負って険しい嶺を越え、深い谷を分けていくのは、畜生の報いを果たすためです。このように終日終夜、身を苦しめ責めさいなんで、毎朝経典を読んで罪障を消除するのは、すでに三悪道（地獄・餓鬼・畜生の三道）の苦しみを果たして、早く穢《けが》れなく悩みのない極楽浄土に移ろうとする心なのです。西行上人が迷い多いこの世から離脱したいとの願いがおありになったとしても、この厳しい修行生活の心を理解しないで、思慮分別もなく名誉・利得の先導者だと言われるのは、はなはだ愚かなことです」と諭《さと》したので、西行は手を合わせて随喜《ずいき》の涙を流したことだった。「まことに愚かで、その心を存じませんでした」と言って、宗南坊を恨んだ過ちを悔いて退いた。

その後は何事をするにしても気を入れて、かいがいしく振舞った。もとより身は「したたかなれば」（強健であったので）、人より特に心を入れて仕えた。宗南坊の言葉に帰順して、また後にも大峰を通ったということである。西行は、大峰に二度入った行者である。

このようなことが書かれている。『古今著聞集』は、いわゆる説話文学であるから、真偽のほどは不明とするしかないが、他に西行の大峰入山に関する資料がなく、また興味深い内容の話なので、一般に広く知られたエピソードである。

西行が修行の苦しさにさめざめと泣いたこと、宗南坊の説諭に随喜の涙を流して、その後は随順したこと、大峰に二度入ったことなどが語られている。しかも当事者か、その場にいた人でなければわからないはずの会話まで、詳細に書かれている。

具体的な状況は不明であるにしても、大峰修行が、肉体を徹底的に痛めつける、想像を絶するような荒行だったのは事実であろう。西行は「もとより身はしたたかなれば」それをやりぬいたというのである。西行にとって、文覚《もんがく》に匹敵するような荒行は、この時だけだったかもしれない。文覚は荒行を以て知られた僧で、「17 円 熟」の項で詳しく触れる。

西行が大峰で詠んだ歌の中に、行尊に触れた歌がある。

露もらぬ岩屋《いはや》も袖は濡《ぬ》れけりと　聞かずはいかに怪しからまし

(「露もらぬ岩屋《いわや》も袖は濡れけり」と詠んだ行尊の歌を知っていなかったら、自分の袖が濡れたことが、どんなに不審に思われたことだろう)

御嶽《みたけ》から笙《しょう》の岩屋へ向かった時に、行尊の「草の庵《いほ》なに露けしと思ひけん　漏《も》らぬ岩屋《いはや》も袖はぬれけり」(草の庵をどうしてこれまで露に濡れると思っていたのであろうか。雨露に濡れないはずの岩屋も、涙の露で袖は濡れるのだったよ)(金葉集)の歌がふと頭に浮かび、この歌を踏まえて詠んだものである。

あはれとも花見し峯に名を留《と》めて　紅葉ぞ今日は共に散りける

（「もろともにあはれと思へ」と桜を詠んで、大峯にその名をとどめた行尊僧正、秋である今日は、その卒塔婆に桜に代わって紅葉が散りかかっていることだ）

これも「平等院」の名が書かれた卒塔婆に、紅葉が散りかかっているのを見て、行尊の「大峰にて思ひもかけず桜の花の咲きたりけるを見て詠める／もろともにあはれと思へ山桜　花よりほかに知る人もなし」（私がお前を懐かしく思うように、お前もまた私を懐かしく思っておくれ、山桜よ。今の私には、花のお前よりほかに、知っている人はいないのだ）（金葉集）が思い出され、行尊がこの歌を詠んだ人なのだなあという感慨に浸って詠んだ歌である。卒塔婆は、死者への供養として墓の上に建てられる塔である。『山家集』には「平等院」の箇所に、「行尊僧正ナリ」という傍書がある。

行尊は西行がもっとも尊敬した修験道の先達であった。十歳の時に父、源基平が死去、十二歳の時に園城寺平等院明行親王に入室し、十六歳の時から熊野・大峰を中心に台密《たいみつ》（日本の天台宗で伝える密教）修験の難行に励んだ。超人的験力をうたわれるようになり、嘉承二年（一一〇七）に鳥羽帝の護持僧に召され、白河院や待賢門院などの帰依《きえ》も受けた。

保安四年（一一二三）に天台座主《ざす》、天治二年（一一二五）に大僧正となった。晩年には、園城寺金堂の再建を成し遂げた。和歌や琵琶、書の方面でも著名で、『行尊大僧正集』は、十六歳から三十三歳までの修行期の歌を編んでいる。

その真摯な生き方と、平明・率直な読みぶりの和歌は、西行にも大きな影響を与えた。

大峰の神仙の地では、澄み渡る月を見て、思い出に残る月だと、深く感動し次のように詠む。

深き山にすみける月を見ざりせば　思ひ出もなき我が身ならまし

（この深い山に澄んでいる月を見なかったならば、何の思い出もない我が身であったろう）

月すめば谷にぞ雲は沈むめる　峯吹きはらふ風にしかれて

（月が澄み渡ると、峯を吹き払う風に敷かれて、雲は谷に沈んでしまったようだ）

「をばすての峯」では、一帯が見渡され、気のせいか月がとりわけ美しく見えた。

をばすては信濃ならねどいづくにも　月すむ峯の名にこそありけれ

（このをばすての名は、信濃ではないけれども、どこであっても月が澄んでいる峯の名であることだ）

「をばすて」という地名から、信濃の「姨捨《おばすて》山」伝説を思い浮かべたのである。『大和物語』『今昔物語集』『俊頼髄脳《としよりずいのう》』などに伝えられている有名な話である。

昔、信濃の更級《さらしな》というところに一人の男が住んでいた。若い時に親に死なれ、伯母に養われていたが、長じて結婚した。その妻は、年老いて醜くなった伯母を憎み、常に夫に悪口を聞かせていた。ついに深い山中にこの伯母を捨ててくるように言う。夫も妻にせめ立てられて、月の明るいある晩、「寺で尊い法会があるから」とだまして、伯母を背負って山に入り、下りてくることもできないようなところに放置して逃げてきた。しかし逃げ返って、その山の上に出ている月を眺めていると、永い間親のように養育してくれた年月が思い出されて、一晩中寝ることが出来ず、「わが心慰めかねつ更級や　をばすて山に照る月を見て」（私の心をどうしても慰めることが出来ない。更級のをばすて山に照る月を見ていると）と詠んで、また山に戻って連れ帰った。

この「わが心慰めかねつ……」という『古今集』にある「よみ人知らず」の歌から、棄老説話が生じ、「をばすて山」が月の名所として知られるようになったのである。

篠《ささ》の宿では、次のように詠んでいる。

庵《いほり》さす草の枕にともなひて　笹《ささ》の露にも宿る月かな

（篠の宿で庵を結び、仮寝をしていると、庵に漏れ入ってくる月が笹の露にも宿って、共に旅寝をしているようだ）

「庵さす」は、庵を結ぶ意。「草の枕」は、旅寝すること。「笹」に「篠の宿」をかけている。

平地という宿では、次のように詠む。

梢《こずゑ》も洩る月もあはれを思ふべし　光に具して露のこぼるる

（梢を洩れ入ってくる月の光も、しみじみと哀れを感じていることであろう。月の光とともに、露が袂にこぼれ落ちてくる）

平地は、大峰でも吉野から入るとかなり奥まった、和歌山に近いところにある。詞書によると、この平地の宿で月を見ていると、梢の露が袂にかかってきた、という。月もあわれを感じて、ともに涙してくれているように感じたのであろう。

これらはすべて『山家集』中の歌である。神仙、をばすての峯、篠、平地など、すべて大峰山中の地名で、西行はこれらの大峰の地を巡り歩きながら修行し、大峰での生活を歌に詠んだのである。

昼間は肉体を酷使する修行で、歌を案じる余裕などなかったであろう。夜になってようやくひと息ついても、山中のこととて真っ暗であり、目はおのずから月に向かうことになる。月を詠む歌が多いのは、そのような意味でもごく自然なことである。

これらは歌として特に優れているというわけではないが、修行生活の中での折々の感慨を、率直に歌に詠みとどめたものと思われる。

9 江口遊女

『新古今和歌集』に、西行と遊女妙《たえ》の次のような贈答歌がある。

天王寺に詣《まう》で侍りけるに、にはかに雨の降りければ、江口に宿を借りけるに、貸し侍らざりければ、よみ侍りける（天王寺に詣でました折、急に雨が降ってきたので、江口で宿を借りようとしましたが、貸してくれませんでしたので、詠みました）

世の中を厭《いと》ふまでこそ難《かた》からめ　仮の宿りををしむ君かな　西行

（この世の中を厭《いと》うて、出家することまでは難《むずか》しいでしょうが、仮《かり》そめの宿を貸すことさえ、惜しむあなたなのですね）

返し（返歌）

世を厭《いと》ふ人とし聞けば仮の宿に　心とむなと思ふばかりぞ　　遊女妙

（あなたは世を厭《いと》うたご出家と承《うけたまわ》りましたので、仮の宿などに執着なさいますなと思うばかりですよ）

西行はある時、天王寺へ参詣しようとして、途中、江口の里を通りかかった。「天王寺」は四天王寺のことである。「江口」は、今の大阪市東淀川区、昔淀川沿岸にあった船着き場で、西海から上洛《じょうらく》する際の要衝《ようしょう》であった。港町として発展し、多くの遊女がいて「江口の君」と称されていた。

西行は、この江口を通りかかった時に、急に雨が降ってきたので、遊女に宿を借りようとしたのであるが、断られて一首の歌を詠み掛けた。それに対し、すかさず遊女妙が歌で応答したのである。

まことに見事な応酬《おうしゅう》というほかない。「仮の宿」という言葉を軸にしての応酬である。仏教ではこの世を「仮の宿」だとする。「仮の宿まで惜しまなくたって……」とやや皮肉を込めて切り込む西行に対して、「仮の宿だからこそ、ご出家ならば執着してはいけません」と切り返している。これが遊女の作かと思われるほど、見事な返歌である。

こう返されては、西行も苦笑するよりほかなかったであろう。まさに天下の西行が、遊女に一本取られたという図である。当時、遊女と言われる女性の中には、これだけの教養のある者がいたのである。しかしこの「妙」という女性については、他に資料がないから、いかなる人物であったのか、具体的なことは一切わからない。

この歌は『西行上人集』にも載っているが、そこにはこの贈答歌の後《あと》に、「かく申して、宿したりけり」と注記がある。歌の応酬の上ではいちおう退けたが、実際には難儀を理解して受け入れてくれたということなのであろう。この時代、男性からの求愛の和歌に対して、最初はやんわり拒絶するのが常套であった。

この歌の贈答は、『撰集抄』、『西行物語』、謡曲「江口」等にも引かれて有名である。『撰集抄』では、遊女妙が宿を貸したのは、西行の歌に感じ入ったためだとする。西行の前で、妙は我が身の懺悔《ざんげ》をし、道心《どうしん》を吐露《とろ》して泣く。西行もその真摯《しんし》な言葉に感涙を催し、翌朝、再会を約して別れる。その後西行は、遊女が出家し、江口を去ったことを知る。しかし『撰集抄』は説話であり、実際はどうだったのかわからない。

この遊女妙は普賢菩薩《ふげんぼさつ》の化身《けしん》であったとの伝説が生まれ、室町時代には謡曲「江口」に発展する。さらに幕末には長唄の傑作「時雨《しぐれ》西行」がつくられた。

西行の軽妙洒脱《けいみょうしゃだつ》な一面を示すエピソードである。西行の母方の祖父、清経は、今様や蹴鞠の名人であり、当時の遊里の事情にも詳しく、なかなかの通人であった。西行の中に、その血が流れていたとしてもおかしくはない。

10　四国の旅

西行は正確な年次は決め難いが、仁安二年（一一六七）かその翌年、すなわち五十歳か五十一歳の時に四国へ旅をしている。かねて敬慕する崇徳院の御陵に参拝することと、弘法大師の遺跡を巡ることがその目的であった。

崇徳院は待賢門院の所生で、歌に寄せる思いも深く、西行の崇徳院に対する尊崇の念は殊に深いものがあった。

崇徳院は、幼年期より和歌に親しみ、「久安百首」などの多くの歌合を主催し、第六勅撰集『詞花和歌集』を撰進させている。自らの歌も『詞花集』以下の勅撰集に七十七首入集し、後鳥羽院以前では最大の天皇歌人であった。

『詞花集』の恋の部には、後に「百人一首」にとられる、崇徳院の次のような歌が載っている。

瀬を早み岩にせかるゝ滝川の　われても末《すゑ》にあはむとぞ思ふ

（瀬の流れが早いので、岩にせき止められる滝川の水が、二筋に分かれてもまた一つになるように、

末にはきっと会おうと思う）

岩にせき止められた急流が、砕け散って飛び散る、それがやがて再び一つになるように、どのような障害があっても、この恋を成就させてみせるという強い気迫が、院の悲劇的な生涯の中で浮かび上がり、詠む者の胸に迫るものがある。

崇徳院の悲劇は、白河法皇と鳥羽院の確執《かくしつ》に源があった。白河法皇は藤原公実の娘璋子を寵《ちょう》愛《あい》していたが、これを自分の孫である鳥羽天皇の妃とした。そして『古事談』などによると、その後も逢瀬を重ね、その結果生まれたのが顕仁皇子《あきひと》（後の崇徳天皇）だという。これが事実だとすれば、鳥羽天皇からみると、顕仁皇子は祖父の子であるから、叔父に当ることになる。鳥羽天皇はこの第一皇子を「叔父子」と呼んで、終生心を許さなかったという。これは当時から公然の秘密であった。

鳥羽天皇は顕仁親王が五歳の時、白河法皇に譲位させられ、代って顕仁親王が崇徳天皇として即位する。ところが白河法皇は間もなく亡くなった。そこで鳥羽院が代って院政をとるようになった。

鳥羽院は寵愛する美福門院得子との間に生れた三か月の皇子《みこ》をただちに皇太子とし、永治元年（一一四一）には崇徳天皇に譲位させ、近衛天皇として即位させている。わずかに三歳の時である。

生母の美福門院得子は中宮となり、こうした事情から待賢門院璋子は康治元年（一一四二）二月に落飾（出家）した。そして久安元年（一一四五）八月に亡くなっている。

鳥羽院は出家して法皇となって本院と呼ばれ、崇徳上皇は新院と呼ばれるようになった。近衛天皇は、久寿二年（一一五五）の春の頃から病が重くなり、七月に十七歳という若さで崩御する。

その後継者は、崇徳院の第一皇子重仁《しげひと》親王が即位するのが自然であるが、鳥羽院はこれを崇徳上皇の呪いの為だとして、崇徳院の子ではなく、弟の後白河天皇を即位させた。崇徳院の憤懣《ふんまん》は、察するに余りある。一方摂関家においても、前関白忠実は、長子で関白の忠通よりも、弟の左大臣頼長を可愛がり、久安六年（一一五〇）には忠通ではなく、頼長が氏の長者となった。こうしたことがあって、兄弟の間には対立が生じていたのである。

このような背景によって、崇徳院と忠実・頼長が、鳥羽法皇・後白河天皇と忠通が結びつくことになった。

保元元年（一一五六）七月には、鳥羽法皇の崩御をきっかけに、保元の乱が勃発している。藤原頼長やその父忠実と結んだ崇徳院が、後白河天皇、関白忠通、源義朝、平清盛らの勢力と衝突したのである。

この武力衝突は、一日で天皇方の勝利するところとなり、敗れた崇徳院は山中に逃れ、ひそかに同母弟の覚性法親王《かくしょうほっしんのう》がいた仁和寺《にんなじ》に身を寄せた。

偶然高野山から下りて都に滞在していた西行は、この事件に遭遇《そうぐう》している。そして出家して仁和寺の北院へ身を隠していた崇徳院を訪ねている。ちょうどそこで仁和寺の僧綱《そうごう》――僧尼を統括する官僧――で旧知の兼賢阿闍梨に出会った。月が明るく照らす夜であった。その兼賢阿闍梨に託して、一首の歌を献上している。

かゝる世に影も変らずすむ月を　見る我が身さへ恨めしきかな

（このような理不尽な世に、常に変ることのない光を放っている月を見る我が身さえ、恨めしく思われることだ）

人の世の醜い争いを目の当たりにし、これまでのさまざまな縁から、この状況を他人事として見過ごすこともできない。その苦悩を、人間世界の葛藤から超然として空に澄んでいる月に比して、「見る我が身さへ恨めし」いと歌ったものであろう。

このような時期に、勝者である天皇方の苛酷な処断がすすんでいる中で、敗れた側の中心人物を訪ねる行為は、かなり危険であったはずで、それだけにこうした行為に西行の真摯な激しい心情をよみとることができよう。西行三十九歳の折の詠である。

崇徳院は仁和寺に入って十日後には、讃岐（香川県）へ流されることになった。そして『保元物語』によれば、保元元年（一一五六）七月二十三日に仁和寺を出て、八月十日に讃岐に到着している。まず讃岐の松山に落ち着かれ、その後小豆島に近い直島へ、さらに志度へ移って、八年後の長寛二年（一一六四）八月に、悲憤のうちに生涯を閉じている。

吉田経房の日記『吉記《きっき》』の寿永二年（一一八三）七月十六日の条には、次のようなことが書かれている。

崇徳院が、讃岐において、自ら血で五部大乗経（華厳《けごん》経、大集《だいじっ》経、大品《だいぼん》般若経、法華経、涅槃《ねはん》経）をお書きになったものがある。その経の奥書に「これは死後に仏果を願うために書くのではない。天下を滅ぼすために書く」と記してある。この経が元性法印のもとにあると伝えられている、と言われるので、成勝寺《じょうしょうじ》で供養したらよいということになり、右大弁を通して左小弁光長に仰せられた。院の怨霊をしずめるために書くものか。これはもう少し評議すべき問題のようだ。まだ供養していない経であるにもかかわらず、院の願いのように、天下は亡びつつある。ましてこの上、経供養をしたらどうなるか。よくよく考えてみるべきことだ。恐るべし、恐るべし。

『保元物語』によれば、崇徳院は自らの運命について、「今生はし損じつ」（今生は失敗であった）とつくづくと述懐する。そして、来世の平安を得るためにと、三年がかりで五部の大乗経を自ら書写したものを都へ送り、父、鳥羽法皇のお墓である鳥羽の安楽寿院か石清水八幡宮へ納めたいと願ったが、弟の後白河天皇は頑としてこれを許さない。それを弟の一人、仁和寺の覚性法親王がとりもとうとしたが、どうにもならない。

それに対し、崇徳院は激しい怒りをもやして、自分はこれ以上生きていても無駄だと言って、その後は髪もそらず、爪も切らずに、生きながら天狗の姿になった。

そして写経を終え、それを目の前に積み置かせて、「自分は日本国の大悪魔になり、皇を民に引きずりおろし、民をして皇となそう」と言って、舌先を食い切り、流れる血で大乗経の奥にこの誓いの言葉を書き付けて海底に投げ込んだ、という。『保元物語』では海に沈められたことになっているが、『吉記』にあるように、元性法印（崇徳院第二皇子）の手元にとどめられたというのが実際のところであろう。

崇徳院は結局、ついに都へ帰ることは叶わず、讃岐の地で長寛二年、四十六歳で崩御した。西行はその三、四年後に、崇徳院の霊をしずめるべく、四国に旅立っている。四国に渡って、まず松山の津（現在の香川県坂出市）に院の遺跡を訪ね、次いで白峯御陵に詣でている。

西行が白峯の御陵に詣でた折のことは、後に上田秋成が『雨月物語』の冒頭の一編として物語化している。

『雨月物語』では、西行が白峯の御陵に詣でて、経文を誦《ず》し、歌を詠んで奉ると、どこからともなく崇徳院の姿が現れる。それはまだ成仏できずにさまよっている、崇徳院の霊なのであった。崇徳院の霊は言う。

近頃の世の乱れは、すべて自分がしたことである。生前から魔道に心を打ち込んで平治の乱を起こさせ、死んだ後の今もなお、皇室に祟《たた》りをしているのだ。見ておれ、やがて天下に大乱を起こしてみせようから。

西行は、これを聞いて恐懼《きょうく》しておいさめ申し上げる。条理を尽くして、崇徳院の報復への意志が間違っていることを述べて、これを論破する。

魔道におちて狂う崇徳院に、一首の歌を奉って、仏の道に従う気持になるよう、おすすめ申し上げた。

よしや君昔の玉の床《ゆか》とても　かからん後は何にかはせん　（山家集）

（上皇様、たとえ昔立派な御座所におられたとしましても、崩御されました今は、それが何になりましょうか）

西行が讃岐白峯にあった崇徳院の墓を詣でた折に詠んだ歌である。崇徳院はこれを聞いて心動かされたような様子で、和らいだ顔つきになり、やがてその姿も消えていった。

以上は秋成の描いた、史実に基づいたフィクションであるが、西行はここにしばらく庵を結んで滞在している。

西行のこの歌は、すさまじい怨念を残して亡くなったといわれる院に対する、いわば鎮魂歌であろうが、不遇であった院に対して、仏教に対する共通の認識に基づいて慰めているのである。『保元物語』には、「かやうに申したりければ、御墓《みはかみ》三度《たび》まで震動《しんどう》するぞ怖ろしき」とある。

西行が四国へ渡ったもう一つの目的は、弘法大師の遺跡を訪ねることであった。崇徳院鎮魂の目的を果たし、弘法大師生誕の地、香川県善通寺に赴き、ここでしばらく庵を結んで滞在している。

西行は、弘法大師が若き日に修行した地をめぐる。その地を巡った折のことが、『山家集』には、他と釣り合いが取れないほど長大な詞書を伴って、歌に詠まれている。しばらくそれによってみていく。

曼陀羅寺《まんだらじ》の行道所《ぎょうどうどころ》へ登るはたいへんなことで、まるで手を立てたような絶壁であった。そこは弘法大師がお経を書いて、埋められたという山の峰である。坊の外は、一丈（約三メートル）ばかりある壇が築かれている。大師はそれへ日ごとにお登りになって、行道（読経しながら、巡り歩くこと）なさったと伝えられている。巡りながら行道出来るように、壇も二重に築かれている。登る際は特に危険である。身構えて這い登って、次のように詠んだ。

めぐり逢はんことの契りぞ頼もしき　厳《きび》しき山の誓《ちか》ひ見るにも

（このように大師と巡り会えた縁を頼もしく思うことだ。険しい山の上で、大師が立てた誓いの跡を見るにつけても）

その上は、弘法大師が御師（釈迦）にお逢いになられたという峰である。我拝師山とその山を呼んでいる。このあたりの人は、「山」の字を捨てて、単に「わがはいし」と言い習わしている。また「筆の山」とも名付けられている。遠くから見れば、筆に似て、丸々としていて、山の峰の先が尖ったように見えるので、言い習わしたもののようである。行道所より身構えて登って、峰に参ると、大師が師にお逢いになられた所のしるしに、塔を建てていられる。塔の土台は、見当をつけることもできないほど大きい。高野山の大塔ほどの大きさの塔の跡と思われる。苔の下深く埋っているけれども、石は大きく、はっきりと見える。筆の山という名にちなんで

筆の山にかき登りても見つるかな　苔の下なる岩のけしきを
（筆の山に這うようにして上って見ることだ、苔の下にある岩のようすを）

善通寺の大師の御影には、そば少し高い位置に、大師の御師〈釈迦如来〉が書き添えてあった。大師の御筆跡などもあった。（大師筆の）東西南北の額が少し破れていたが、おおかたは作られた時と違わない状態であった。しかし将来はどうなるかと、気がかりに思われたことであった。

『山家集』の終末部には、「またある本に」と注記して、百八十首余りの歌が増補されているが、以上はその冒頭部分である。ある時点で、他の資料から書き加えられたのであろう。

これらも歌としては特に秀歌というほどではないが、西行の意識としては、秀歌を詠もうとするより、旅日記風の記録として残すつもりだったのであろう。

曼陀羅寺は、善通寺から一・五キロメートル程離れているにすぎず、西行が讃岐へ下向したころに、両寺はほとんど同一の組織に属していた。

その行道所に登るのはたいへんに困難で、手を立てたような絶壁を登らなければならない。

その岩場には、現在は鉄の鎖が垂らしてあって、よじ登れるようになっているが、そうしたものの助けなしには、容易に登り得ないような難所である。そこは弘法大師が子供の頃、お経を書き写して埋めたと伝えられる山の峰である。

僧侶の居所の外には、一丈ほどの壇が築かれており、壇の周囲を行道出来るように、壇も二重に巡らしてあった。大師は毎日それに登って、行道をしていたと伝えられている。行道所へ登るのは特に危険であったから、西行は用心して這うようにそこに辿りついて、大師と巡り会った縁を歓喜している。

この「厳《きび》しき山の誓ひ」というのは、大師が七歳の時に衆生済度を志して行道所で修行し、釈迦がこの願いをかなえて下さるならばお姿を現したまえと、断崖の上から身を投げたところ、釈迦如来が出現して、天女が体を抱き上げたという、捨身誓願の伝承を踏まえたものである。

この「曼陀羅寺」の行道所は、我拝師山にある。土地の人は単に「我拝師《わがはいし》」と呼んでいる。当時は「筆の山」とも呼ばれていたようであるが、現在の「筆ノ山」は、香色山と我拝師山の間にある別の山を指す。

さらに登ると、大師が御師、釈迦如来にお逢いになったという伝承のある峰である。遠くから見ると、筆に似て、丸々と山の峰の先が尖っているように見える峰も、実地に見ると、かなり大きな堂宇をも建て得る広さを持った、比較的平坦な土地である。ここに大師は高野山の大塔ほどの大きな塔を建立したけれども、西行が登った時にはすっかり荒廃し、礎石を残すばかりであったという。現在も堂宇の礎石かとみれば、そのようにも見える大きな石が散在している。「捨身誓願」の伝承は、空海の『三教指帰《さんごうしいき》』や宗門正統の空海伝の類にも記述はなく、七歳にして衆生済度のために身命をもいとわぬ自己犠牲を示していることも不審である。この伝承は、空海の没後に生じたものと思われるが、西行の時代には、すでに世に広く浸透していた。

西行はそのような伝承を少しも疑っていないのみならず、大師のそうした体験の場に、自らも立つことが出来た喜びを、感激をもって詠じている。西行の弘法大師に寄せる畏敬の念は、きわめて深いものがあった。

『西行上人集』には、「こゝをまた我住み憂くて浮かれなば　松はひとりにならむとすらむ」の詞書に「土佐の方へやまからましと、思ひ立つことの侍りしに」とあり、弘法大師が若き日に修行した土佐へも足を延ばそうとしたこともあったようであるが、結局実行しなかったようである。歌集に土佐へ赴いた痕跡はみられない。

11　地獄絵を見て

『聞書集《ききがきしゅう》』に、「地獄絵を見て」と題する二十七首からなる連作がある。ただいつごろ詠まれた歌か、まったくわからない。

地獄とは地下の牢獄の意であるが、地獄という観念は釈迦以前から民間に存在した。それを仏教が取り入れたのである。その観念が中国の天台智顗《ちぎ》などを経て、平安時代には日本に伝えられた。弘仁十三年（八二二）頃、奈良薬師寺の僧、景戒によって著された『日本霊異記《にほんりょういき》』には、地獄を描写した話が、十話ほど出てくる。

寛和元年（九八五）に天台宗の源信は『往生要集』を著し、地獄の恐ろしさと、それが念仏によって救われることを説いて、人々に熱心に読まれた。源信は「正法念処経」をはじめ、すべて経論に基づいて地獄を述べているが、おそらく西行もこの『往生要集』は読んでいたであろう。

平安朝も半ばを過ぎると、永承七年（一〇五二）からは末法の世に入るということで、人々の心は、不安におおわれていた。人生無常の思いも次第に強くなり、地獄の恐ろしさの観念は、無常観と一体となって人々の心に浸透した。

こうした背景のもとに、地獄絵も当時盛んに描かれた。平安中期の宮廷絵師・巨勢弘高（広高・広貴・広孝とも）が東山長楽寺の壁板に迫真の地獄絵を描いた話が『今昔物語集』にみえ、広く知られていた。ただしこの絵は、現在失われている。

ここで詠まれている歌の内容に、比較的よく照合するものとして、現在、聖衆来迎寺（大津市）の「六道絵」十五幅（国宝）や禅林寺（京都市）「十界図」二幅（重要文化財）などが知られている。前者には、右上にそれぞれの絵が拠ったとみられる説話を要約したものが書かれている。

西行の地獄絵を詠む歌が、具体的にどのような絵を見て詠んだのかはわからないが、単に絵に描かれている世界を歌で客観的に描写するのではなく、絵の世界に没入し、自己の思いを強く表現しているのが、この一連の歌にみられる大きな特色である。

見るも憂しいかにかすべき我が心　かゝる報いの罪やありける

（このような光景をみるだけでもつらい。私の心をどうしたらよいのか。このような報いを受ける罪が私の中にあったのだろうか）

あはれあはれかゝる憂き目を見るみるは　何とて誰も世にまぎるらん

（ああ、ああ、このようなつらい目にあうことを知りながら、どうして誰も世俗に紛れているのだろう）

受けがたき人の姿に浮《う》かみ出でて　懲《こ》りずや誰《たれ》もまた沈むべき

（生を受けることが難しい人間の姿になって、この世にうかび出ていながら、どうして人は誰も懲《こ》りずに罪を犯し、また地獄に沈んでしまうのであろうか）

一連の歌の冒頭部分である。地獄絵を見ての感想をいわば総括して述べているのであるが、「いかにかすべき我が心」にその眼目があろう。この語は西行という歌人のいわば本質をなす、呪文のように常に己《おのれ》自身に帰ってくる自意識を表出したもので、地獄絵を見たことにより、罪の意識と向き合わざるを得ない己の心に、「いかにかすべき」と問いかけるのである。

そしてせっかく稀有《けう》な人身に生まれ変って、地獄から浮かび出たのに、懲りずに罪を犯し、誰もまた再び地獄に落ちるのであろうかと嘆いて、人間の業《ごう》の深さにおののく。西行はすでに、すっかり地獄絵の中に没入し、罪人として地獄の責苦《せめく》にあっているのである。

次には、等活《とうかつ》地獄、黒縄《こくじょう》地獄、阿鼻《あび》地獄、叫喚《きょうかん》地獄、焦熱《しょうねつ》地獄など、様々な地獄相が取り上げられ、その壮絶な地獄の具体相が詠まれる。

好み見し剣《つるぎ》の枝に登れとて　笞《しもと》の菱《ひし》を身に立つるかな
（生前に、好んで見た剣の枝に登れと言って、獄卒《ごくそつ》〈地獄の鬼〉は笞《しもと》〈むち〉についている菱《ひし》〈鉄製の武器〉を罪人の身に突き立てることだ）

罪人《つみ》は死出《しで》の山辺の杣木《そまぎ》かな　斧《をの》の剣《つるぎ》に身を割《わ》られつゝ
（罪人は死出の山辺の杣木《そまぎ》であるなあ。剣《つるぎ》のような斧で、身を割られている）

何よりは舌抜く苦こそ悲しけれ　思ふことをも言《い》はせじの刑《はた》
（何よりも舌を抜く苦しみこそ悲しいことだ。思うことをも言わせまいという刑だ）

『往生要集』は、地獄の有様を目の前に見る如く詳細に記しているが、それがそのまま絵に描かれている。

地獄の凄惨《せいさん》な情景が、これでもか、これでもかというほどリアルに描かれる。罪びとは肉体が滅べばそれで終わりではなく、繰り返し生かされ、未来永劫《えいごう》その苦が去ることはない。その負った罪の報いは、描かれた絵を通じて自身に重ねられる。

あはれみし乳房のことも忘れけり　我《わが》かなしみの苦のみ覚《おぼ》えて

（慈悲深い母の恩も忘れてしまった。地獄に落ちた我が身の悲しみの苦だけが思われて）

たらちをの行方《ゆくへ》をわれも知らぬかな　おなじ炎《ほのほ》に咽《むせ》ぶらめども

（父の行方を私も知らないことだ。私と同じ炎の業苦《ごうく》に咽《むせ》んでいるだろうけれど）

「たらちを」は、父のことである。父母も同じように地獄の責苦にあっているであろうが、地獄のあまりの業苦のつらさに、慈《いつく》しみ育ててくれた母のことも忘れ、父の行方も思慮から消え去ってしまう。周囲を顧慮《こりょ》する余裕などまったくなく、父母を助けることなど、思いもよらない。

隙《ひま》もなき焔《ほむら》の中の苦しみも　心おこせば悟《さと》りにぞなる

（絶え間ない炎に焼かれる苦しみも、それを機縁に発心すれば、すなわち悟りになる）

「心をおこす縁たらば、阿鼻の炎の中にても」という、和讃「註本覚讃」の記述を踏まえ、絶え間ない炎の中の苦しみも、仏の道に発心すれば、悟りにもなるのだという。阿鼻は八大地獄の中でも、最も恐ろしい地獄で、死後、絶え間なく剣樹、刀山などの苦しみを受ける。

なのになあ）

光射《さ》せばさめぬ鼎《かなへ》の湯なれども　蓮《はちす》の池になるめるものを
（常に冷めない地獄の釜《かま》の湯であるけれども、阿弥陀の光が射すと、それが変じて蓮の池になるようなのになあ）

そして阿弥陀の光が射せば、常に冷めない地獄の鼎の湯ではあるけれども、清らかな蓮の池になるのにと歌う。鼎は、物を煮立てるための金属製の器で、地獄では罪人を煮る苦具である。発心によって悟りの道に導かれ、阿弥陀の光によって、地獄の熱湯がたぎる鼎も、清らかな蓮の池に変じるとする。ここには、地獄からの救済への期待が示されている。

さらにその後には、閻魔の庁を出て、罪人を伴って獄卒がやってくる光景が描かれる。北西の方向に炎が見える。罪人が、あれは何の炎かと尋ねる。獄卒があなたらが落ちなければならない炎だと答えると、罪人がおののき悲しむのだと、仲胤僧都《ちゅういんそうず》が説法していたのを思い出して、次のように詠む

問ふとかや何ゆゑ燃《も》ゆる焔《ほむら》ぞと　君を薪《たきぎ》の罪の火ぞかし
（地獄に連れていかれた罪人が、あれは何のために燃える炎かと尋ねるとか。獄卒は、あれはあなたを薪として焚く、あなたの罪を焚く火であるぞと答える）

ここには仲胤僧都の説法が引用され、獄卒と罪人の会話が示されている。仲胤僧都は平安末期に説法の名手と言われた比叡山の僧である。

こうして地獄に着いて、地獄の門を開けようとして、罪人を前に据《す》えて、鉄のむちを投げ、獄卒が爪はじきをして言うには、「あなたがこの地獄を出たのは、昨日今日のことだ。地獄を出て行った時に、また帰ってきてはならぬと、繰り返し教えたのに、ほどなく帰ってきた。それは他人がしたのではない。あなたの心が、あなたを地獄に返したのだ。人を恨んではならない」といって獄卒は荒々しい目から涙をこぼして、「地獄《ぢごく》の扉を開くる音、百千の雷《いかづち》の音に過ぎたり」（地獄の扉を開ける音は、百千の雷の音より大きかった）

ここぞとて開くる扉の音聞きて　いかばかりかはをの〻かるらん
（ここだと言って、獄卒が扉を開ける音を聞いて、どれほど罪人はおののくであろうか）

さて扉が開くその間から、激しい炎が荒々しく出て、罪人の身にあたる音のおびただしさは、言葉で言い表すことが出来ない。炎に追い立てられて、罪人は地獄へ入った。獄卒は扉を閉めて、開かぬよう強く固めた。獄卒がうなだれて帰る様子は、荒々しい容貌には似つかず哀れであった。悲しいことである。いつ出られるというあてもなく、苦を受け続けることから逃れるには、地蔵菩薩におすがりするよりほかない。地蔵菩薩のお憐みだけが、暁ごとに炎の中に分け入って、悲しみを見舞って下さるのである。地蔵菩薩というのは、地蔵のまたのお名前である。

炎《ほのほ》分けて訪《と》ふ憐《あは》れみのうれしさを　思ひ知らるゝ心ともがな

（炎を分けて罪人を訪ねてくる地蔵菩薩の憐みの心の嬉しさを、思い知ることが出来る心でありたいものだ）

「地獄の扉を開くる音、百千の雷の音に過ぎたり」……目の前にある光景かと思われるほど、なまなましく描写される。そして「荒き目より涙をこぼして」「獄卒うちうなだれて」と、罪人、獄卒、ともに心あるものとして、人間的に描かれている。さらに「地蔵菩薩」が登場して、魂の救済を暗示する。

連作の最後は、次のような歌である。

すさみすさみ南無《なも》と唱《とな》へし契《ちぎ》りこそ　奈落《ならく》が底の苦に代《かは》りけれ

（なぐさみに「南無」と唱えた地蔵菩薩とのご縁こそ、奈落の底の苦に代わるものであったよ）

朝日にや結ぶ氷の苦は解けむ　六《むつ》の輪を聞くあか月の空
（凝固した氷のような苦は、朝日に解けるであろうか。地蔵菩薩の錫杖《しゃくじょう》の六つの輪の音を聞く暁の空であるよ）

「六つの輪」は、地蔵菩薩が持つ錫杖の頭部についている六つの輪である。これを振り鳴らして、山野などを歩く時には、毒虫などを追い払い、また托鉢の時に人の門戸に立ったことを知らせたのである。

地獄の苦を描くだけでは、あまりにも救いようがない。最後に地蔵菩薩による救済を歌うことによって、連作を締めくくっている。

この「地獄絵を見て」は、西行はある時は絵巻の登場人物となって入り込み、ある時はそれを外から客観視して、一編の歌物語を綴っている。地獄を素材として取り上げること自体珍しいが、それを連作構成にするなど、西行の物語作者としての才能をも示す、きわめてユニークな作品群である。

12　平家と西行

西行と平清盛は、元永元年（一一一八）、奇《く》しくも同じ年に生まれている。その後の人生の歩みはまったく対照的であったが、若き日にそれぞれ北面の武士として朝廷に仕えた時期があり、両者は早くからの旧知だったと思われる。

西行の人生をとおして平家に親愛の情をもち、源氏に対しては好感を持てなかったらしいことは、まぎれもない事実である。

それは、一つには佐藤氏が持っていた荘園をめぐる問題と深い関係がありそうである。佐藤氏が紀ノ川沿岸に田仲庄という荘園を持っていたことは先に触れたが、荘園を管理する弟が平家一門の家人となって、保元・平治の乱の頃から隣接する高野山領荒川庄と激しい争いを繰り広げるということがあった。その平家が滅亡すると、木曾義仲の下文を受けた尾藤知宣に田仲庄を奪い取られようとした。おそらくこうした事情が、その背景にあるのであろう。

消えぬべき法《のり》の光の燈火《ともしび》を　かかぐるわだのとまりなりけり

承安二年（一一七二）前後に、平清盛は後白河法皇の臨席を仰ぎ、福原で数回にわたり千僧《せんそう》供養《くよう》を催している。ある時清盛は持経者を千人集めて、津の国（摂津の国——今の大阪府の一部と兵庫県の一部）のわだというところで、千僧供養を営んだことがあった。千僧供養というのは、絶えず法華経を読誦する僧を千人招いて、食を供養し、法会を営むことである。そのいずれかの催しに西行も参加したのである。

そのついでに万燈会《まんどうえ》が催された。夜が更けるにつれ燈火が消えていくのを、それぞれ点《とも》し継いでいるのを見て、詠んだ歌である。

この歌には、末法の世に消えてしまいそうな仏法の光を、盛大な法会によってその光を灯し継ぎ、高く掲げるわだのとまりであったことだと、仏法を賛美し、その仏法の興隆に力を尽くす清盛に対する鑽仰《さんぎょう》の心が込められているのであろう。西行の平氏に対する親愛の情には、この仏法の興隆に尽力する平氏に対する思いも、与かっていたと思われる。

西行の数少ない真筆とされる現存資料の一つに、高野山『宝簡集』所収の自筆書簡（国宝）がある。

日前宮事、自入道殿頭中将許、如此遣仰了、返〻神妙候、頭中将御返事、書うつして令進候、入道殿安芸一宮より御下向之後、可進之由、沙汰人申候へハ、本をは留候了、彼設他庄ニハふき被切へきよし、以外沙汰候歟、是大師明神令相構御事候歟、入道殿御料ニ百万反尊勝タラ尼一山ニ可令誦御、何事又〱申候へし、蓮花乗院柱絵沙汰、能ミ可候、住京聊存事候て、于今御山へ遅〻仕候也、能ミ可御祈請候、長日談義、能ミ可被入御心候也、謹言

三月十五日　　　　　　　　円位

鳥羽上皇の皇女である五辻斎院頌子内親王と、その母春日局の発願により、父の菩提のため、高野山の東別所に「蓮花乗院」という仏堂が建立された。治承元年（一一七七）にこの蓮花乗院を壇上に移築する仕事に、西行が深くかかわっている。

この書簡は、当時都にいた西行から高野山に送られたものであるが、書簡には、清盛に対し、紀州日前宮の社殿造営の課役から、高野山が免除されるよう申請したこと、その高野山に対して格別の計らいをしてくれた清盛の恩に報いるため、一山で「百万反尊勝陀羅尼」を唱えてほしいことが述べられている。

このような西行の働きかけによって、高野山が課役を免れたのは、この二人が旧知であり、互いに心許すものがあったためかと考えられる。

ところで『山家集』の続編ともいうべき『聞書集』に、次のような歌が載っている。

世の中に武者起りて、西東北南《にしひむがしきたみなみ》、軍《いくさ》ならぬ所なし、うち続き人の死ぬる数聞く、おびただし。まこと丶も覚えぬほどなり。こは何事の争ひぞや、あはれなることのさまかなと覚えて

死出《しで》の山越ゆる絶え間はあらじかし　亡くなる人の数続きつゝ

(世の中に武士というものが生まれて、西東北南、戦でないところはない。うち続く人が死ぬ数を聞くこと、おびただしい。それはまこととも思えぬほどだ。これはいったい、何の争いなのか。哀れなことの次第だなあと思われて／死者が死出の山を越える絶え間はないであろうよ。亡くなる人の数がこれほど続いていていては)

武者の限り群れて、死出の山越ゆらん。山だちと申す恐れはあらじかしと、この世ならば頼もしくもや。宇治の軍《いくさ》かとよ、馬筏《むまいかだ》とかやにて渡りたりけりと聞こえしこと、思ひ出でられて

沈むなる死出の山川《さんがは》みなぎりて　馬筏《むまいかだ》もやかなはざるらん

（武士ばかりが群れをなして、死出の山を越えていることであろう。山賊が出る心配もあるまいと、この世であるならば頼もしくも思われることであろう。宇治の戦であったか、馬筏とかで渡ったと言われていることが、思い出されて／罪人が沈むという死出の川は、沈む人が多すぎて川があふれ、馬筏でも渡ることが出来ないであろうよ）

これらは、「地獄絵を見て」の連作にすぐ続く歌であり、ここでも死者の行く先が、絵巻物風に展開する。ともに源平の合戦を背景にしている。

合戦は人と人の殺し合いであり、死者の数がおびただしく積み上がる有様は、まことも思われぬほどだ、これはいったい何ごとの争いであるかと、僧の立場から戦《いくさ》という人間の愚行を、やや距離を置いて眺め、慨嘆《がいたん》している。

そして死者が群れをなして死出の山を越えていくが、やまだち（山賊）が出る恐れはあるまいから、この世であれば頼もしく思われることであろうと、皮肉を込めて述べる。

宇治の戦における馬筏のことは、『平家物語』巻四「橋合戦」の条に生々しく描かれる。下野の住人、足利又太郎忠綱《ただつな》が、馬筏の策を献じ、自ら大音声をあげて号令をかける。

強き馬をば上手《うはて》に立てよ、弱き馬をば下手《したで》になせ。馬の足の及ばうほどは、手綱《たづな》をくれてあゆませよ。はづまば（馬が跳ね上がりはじめてならば）かい繰って泳がせよ。下《さが》らう物をば、弓のはず（筈……弓の両端の弦をかけるところ）に取りつかせよ。手を取り組み、肩をならべて渡すべし。鞍つぼによく乗り定まって、鐙《あぶみ》（馬に乗る人が、足をかけるもの）を強う踏め。馬の頭沈まば引き上げよ。いたう引いて引被《ひっかづ》くな（手綱を引きすぎて、馬をひっかぶるな）。……馬には弱う、水には強う当たるべし。河中《かはなか》で弓引くな。敵射《かたきゐ》るとも相引すな（応戦するな）。

かくして三百余騎、一騎も流されず向うの岸へさっと打ち渡した、と敵前渡河の有様を記している。「沈むなる死出の山川みなぎりて……」の歌は、この戦のことを踏まえているのである。

ここまでは、一般的な戦をよむ歌である。そもそもうるわしい対象をうるわしく詠むという当時の和歌のあり方からしても、戦という人が殺しあう最も醜悪な場面は、詠歌の対象とはなりえない。したがってこのような事象を歌に詠むこと自体が、当時としてはきわめて珍しいことだったのである。

これに次の歌が続いている。

木曾と申す武者、死に侍りにけりな

木曾人は海のいかりをしづめかねて　死出の山にも入りにけるかな

（木曾義仲は、山育ちであるから、海の碇《いかり》を沈めることを知らないで——海の怒りを鎮め兼ねて——死出の山に入ってしまったことだな）

寿永二年（一一八三）、木曾義仲が備中水島の合戦に遣わした七千の兵は平氏に敗れ、さらに自ら一万騎の兵を率いて下ったものの、叔父・行家の陰謀を聞いて途中から都へ引き返す。それより戦況は不利になり、三か月後には、義仲は粟津で敗死している。そのことを西行は、伊勢で耳にしたのである。

西海から引き返したことを「海のいかりをしづめかねて」、すなわち「碇《いかり》を沈めかねて」に「怒りを鎮めかねて」の意を掛け、義仲の死を冷ややかに、そして皮肉を込めて歌っている。「木曾と申す武者、死に侍りにけりな」（木曾という武士が、死んだようだな）とは、まことに冷たい言辞である。小さな動物や植物にあたたかな思いを寄せていた、同じ人物とは思えない、人の死を前にしての冷やかな感情である。それだけ源氏に対しては、許しがたいという強い思いがあったのであろう。

晩年、二度目の奥州行脚の途次、鎌倉で源頼朝に会っているが、頼朝に対してもあまり好感を持てなかったらしいことと思い合わされる。

13　海洋詩人・西行

西行の生まれ育った土地、また成人してから生活し活動したのは、京都や高野山をはじめ、おおむね内陸や山岳地帯であった。それだからというわけでもあるまいが、西行は意外に山岳とは対照的な、海に親しむ歌を多く詠んでいる。

西行は、若いころからしばしば伊勢に赴いている。伊勢は海に臨む地であり、伊勢湾の風光に接する機会は多かったであろう。

特に晩年、高野山から伊勢に移住してからは、海を詠む歌もおのずから多くなる。

答志島《とうしじま》や菅島《すがしま》は、伊勢の沖合にある近接した島である。ところがその浜には、答志島は白い石ばかりが、菅島には黒い石のみがあるという珍しい海岸風景である。

菅島《すがしま》や答志《たふし》の小石分け替へて　黒白まぜよ浦の浜風

（菅島の黒ばかりの小石と、答志島の白ばかりの小石を入れ替えて、黒い石と白い石を混ぜておくれ、

浦の浜風よ）

合はせばや鷺《さぎ》と烏《からす》と碁《ご》を打たば　答志《たふし》菅島《すがしま》黒白の浜

（鷺《さぎ》と烏《からす》が碁を打ったならば、答志の浜の白い石と菅島の浜の黒い石を、それぞれ碁石として、合せて用いたいものだ）

西行は、浦の浜風に向かって、それぞれの小石が混ざるように吹いたらどうだと呼びかける。そして答志島の白い石と菅島の黒い石を使って、鷺と烏に碁を打たせてみたいものだという。これらの歌に見られるのは、明るい海の風景と余裕のあるユーモアである。

西行は先述した如く、仁安二年（一一六七）かその翌年に崇徳院の墓に詣で、弘法大師の遺跡を巡るために四国へ旅立った。瀬戸内海の風光にたっぷりと触れ、海にまつわる多くの歌を詠んでいる。ただ中国地方へは、それ以前にも赴いたことがあるようで、そのいずれの折に詠まれたものか、特定できない歌も多い。

立て初むるあみ採る浦の初竿《はつさを》は　罪のなかにもすぐれたるかな

（あみを捕る浦の、年取った海人が最初に立てる竿は、罪の中でも最も重い罪であることだ）

これは備前国（岡山県）の児島に渡った時の見聞である。児島は今は干拓により陸続きになっているが、当時は島であった。「あみ」という小エビに似た魚をとる漁は、おのおのがそれぞれ場所を占め、長い竿に袋をつけて立てわたすが、その最初の竿は一の竿と名付けられていた。それを長老の漁師が立てるのである。「立つ」というのは、神仏に祈願する時のことばであるのに、そのことばを漁師が殺生の場で使っているのを聞いて、西行は涙がこぼれたと、詞書で述べている。そして、長老があみをとるために立て始めた一の竿は、罪の中でもとりわけ重い罪だ、と詠む。

僧として、殺生戒を犯す罪の重さを痛切に感じている。ただここで西行は、その殺生戒を犯す漁師を僧の立場から、ただ非難しているのではない。一方でその殺生戒を犯さなければ生きていけない、漁師の宿命に深く同情しているのである。だから漁師を非難するのではなく、自ら涙を流す。

『梁塵秘抄』にも、同じような思いを歌った今様がある。

はかなきこの世を過ぐすとて　海山稼《かせ》ぐとせし程に
万《よろづ》の仏にうとまれて　後生《ごしやう》我が身をいかにせん

（はかないこの世を過ごそうというので、海に漁をし、山に狩をして、殺生を重ねていた間に、万の

仏に見放されて、死ねば地獄へ落ちなければならない我が身であるけれども、一体どうしたらよいだろうか）

少なからざる僧侶たちが、半ば公然と戒律を破り、堕落している中で、漁や狩をして身を立てている民衆が切実な罪悪感に苦しむ姿は、痛々しいばかりである。西行には、その民衆の心が、充分に理解できたのである。

そしてこのような海の光景に接し、いったい漁師たちが何をしているのか、浜に下りていって間近に眺め、その行為の意味を問いかける。そうした好奇心に満ちている。

栄螺《さだえ》住む瀬戸の岩壺求め出て　急ぎし海人《あま》の気色なるかな

（栄螺《さざえ》の住んでいる瀬戸の岩壺を探し出して、忙しく採っている海人の様子であることよ）

これは、牛窓（岡山市の東方）と前島の間にある海で、海人たちが海に潜って栄螺《さざえ》をとって、舟に入れているのを見て詠んだ歌である。瀬戸は、相対する陸地間の狭い小さな海峡を指す。栄螺の住んでいる海峡の岩の窪みを探し出して、忙しく潜っては採っている海人の様子に、目を凝らしている西行の姿が目に浮かぶ。珍しい光景を興味深く観察しているのである。

海人《あまびと》のいそして帰るひしきものは　こにし蛤《はまぐり》がうなしただみ
（海人たちが磯で忙しく働いて持ち帰るものは、小螺《こにし》、蛤、やどかり、しただみである）

磯菜摘《つ》まん今生《お》ひ初《そ》むる若布海苔《わかふのり》　みるめぎばさひじきこゝろぶと
（さあ、磯菜を採ろう。いま生えはじめた若布海苔、みるめ、ほんだわら、ひじき、てんぐさなどを）

海辺で接した海産物のオンパレードである。こにし（小螺《こにし》、小さな巻貝）、蛤《はまぐり》、がうな（やどかり）、しただみ（カタツムリに似た巻貝）、若布海苔《わかふのり》、みるめ、ぎばさ（ほんだわら）、ひじき、こころぶと（てんぐさ）……。

漁師から聞き出した、西行にとっては珍しい貝や海産物の名をメモして、歌に列挙したのであろう。

ここでもこれらの歌に、秀歌を心掛ける意識は微塵もみられない。漁師の境に対する同情の念とは別に、ふだん目にすることがない海産物を前に、新鮮な光景に目を輝かせている西行をみることができる。

14　鴫立つ沢

西行の代表的な名歌として知られる歌の一つに、次のような歌がある。

秋ものへまかりける道にて

心なき身にもあはれは知られけり　鴫《しぎ》立つ沢の秋の夕暮

（ものの情趣を解し得ないこの出家の身にも、もののあはれはおのずから知られることだ。鴫の飛び立つ沢の秋の夕暮れよ）

この歌については、次のようなエピソードが伝えられている。

西行法師が陸奥の方に修行しけるに、千載集撰ばると聞きて、ゆかしさにわざとのぼりけるに、知れる人行きあひにけり。この集のことども尋ね聞きて、「我がよみたる鴫立つ沢の秋の夕暮といふ歌や入りたる」と尋ねけるに、「さもなし」といひければ、「さては上

りて何にかはせむ」とてやがて帰りにけり。（今物語）

『今物語』は、鎌倉時代初期に藤原信実が編纂した説話集である。藤原俊成が編纂した『千載集』を見ようと、わざわざ上京してきた西行が、途中で知人に出会い、この歌は入っていないらしいということを聞いて、そのような集なら見ても仕方がないと言って、引き返してしまったというのである。

同じ話は、頓阿《とんあ》の『井蛙抄《せいあしょう》』にも出てくるが、そこでは西行は登蓮《とうれん》に尋ねたことになっている。そしてこの話の末尾は「それよりまた、東国へ下りけると云々」というのであるが、また東国へ下ったということはあり得ない。『千載集』が撰進されたのは文治四年（一一八八）で、西行はその前年、文治三年（一一八七）の十月以前には、奥州行脚から帰っていたと考えられるからである。ともあれ西行の代表的名歌の一つとして知られるこの歌が、『千載集』に入っていないという意外感が、こうした説話を生むことになったのであろう。

俊成には、この歌の意義が充分に理解できなかったのである。西行は自撰秀歌撰集である「御裳濯河歌合」でもこの歌を選び、「おほかたの露には何のなるならむ袂《たもと》におくは涙なりけり」という歌と番えている。これに対し判者の俊成は「鴫立つ沢のといへる、心幽玄に姿及び難し」と評しながら、「おほかたの」の歌に対し、負と判定している。そして俊成は「おほかたの」の歌を『千載集』に採り、「心なき」は採らなかった。俊成の好みは、明らかに「おほかたの」の歌のように、涙でしっとり濡れたような、優しく艶なる風情を持つ歌の方であって、俊成の和歌観からすれば、こうした評価になるのも、やむを得ないことだったのである。

しかし「心なき」の歌にみられる、中世を生きる人間の孤独な魂を、飛び立つ鴫の姿にみて歌ったこの一首は、人々の深く共感するところとなって、以後、多くの人に愛唱されるところとなった。

現在、神奈川県の大磯にこの歌を詠んだとされる場所がある。ＪＲ大磯駅から右手を海の方に向って数百メートル行ったところに「鴫立庵《しぎたつあん》」があり、その敷地の中に西行法師の木像を安置した「円位堂」という小さな建物が建っている。

室町時代の文明十八年（一四八六）、ここを通りかかった道興《どうこう》という人が、当時すでに、大磯の地に「鴫立澤《しぎたつ》」と呼ばれていたところがあったことを、『廻国雑記《かいこくざっき》』という書物の中で記している。

『廻国雑記』は、「鴫たつ澤というところに着いた。西行法師がここで、心なき身にもあはれはしられけりと歌に詠んでから、この所をこのように名付けた由を、里人が語ったので」として、「哀《あはれ》しる人の昔を思ひ出て　鴫立つ澤をなくなくぞとふ」という道興の歌を書き記している。

この「哀しる人」というのは、西行のことであり、「なくなく」は、鴫が鳴く意に、感涙にむせぶ意を掛けている。大磯の里人は、ここで西行の「心なき」の歌が詠まれたと信じていたのである。

また鎌倉時代中期には成立していたと考えられる『西行物語』には、次のようにある。

相模国大庭といふ所、砥上原《とがみがはら》を過ぐるに、野原の霧の隙《ひま》より、風に誘はれ、鹿の鳴く声聞えければ

えは迷《まど》ふ葛《くず》の繁みに妻籠《こ》めて　砥上原《とがみがはら》に雄鹿鳴くなり

（葛の茂みの中に妻の鹿を住まわせて、ここ砥上原では雄鹿が泣いているようだ）

その夕暮方に、沢辺の鴫《しぎ》、飛び立つ音のしければ

心なき身にもあはれは知られけり　鴫立つ沢の秋の夕暮

（正保三年版本『西行物語』）

一首目の初句「えは迷ふ」には誤写があるようで、意味がよくわからない。またこの歌自体、西行歌集の類にはなく、西行の歌かどうかも不明である。

砥上原は、現在の藤沢市鵠沼《くげぬま》付近の境川西岸にあった原野である。現在そのあたりに「西行もどり松」と称する遺跡がある。すなわち相模国の砥上原を通りすぎる折の夕暮に、沢辺の鴫

が飛び立つ音がしたので、「心なき」の歌を詠んだというのである。

寛文（一六六一―一六七三）の初めの頃、崇雪《そうせつ》という人が、ここに鴫立庵を営み、元禄年間（一六八八―一七〇四）に、俳人大淀三千風《みちかぜ》が移り住んで以来、代々俳人が庵主となって今日に至っている。

この歌は『山家集』の詞書に、「秋ものへまかりける道にて」とあるだけで、いつ、どこで詠まれた歌か、まったくわからない。また「鴫立沢」というのは、「鴫の飛び立つ沢」ということであって、固有名詞ではない（鴫が佇立《ちょりつ》する沢とする解釈もある）。さらに現在鴫立庵の建てられているところは、『西行物語』が述べているところともややずれている。

この歌は治承年間（一一七七―一一八一）の成立と考えられる『山家集』に載っているから、明らかに晩年の二度目の奥州行脚で詠まれた歌ではない。といって三十歳前後の初度みちのくへの旅で詠まれたとするには、歌の成熟度からみて不自然であろう。いずれにせよ、「心なき」の歌が詠まれた場所を、現在の鴫立庵の建てられているところと特定することはできない。

しかしともあれ、西行に心を寄せる人々によって、こうした建物が営まれ、今日に伝えられてきた。この歌は、時代を超えて多くの人々の胸に沁《し》み入るものを持っているのである。

この歌にみられる寂寥美《せきりょうび》ともいうべきものが高く評価されるようになるのは、次の新古今時代になってからである。

15 西行の知友

西行は、出家する以前に、徳大寺実能に仕えていた。その実妹が鳥羽院の妃、待賢門院璋子であり、西行が璋子やその所生である崇徳天皇に心を寄せるのは、ごく自然なことであった。待賢門院璋子は、崇徳院の退位によって康治元年（一一四二）に落飾（出家）、待賢門院に仕えていた堀河局は後を追って尼となり、兵衛局は、待賢門院の皇女上西門院《じょうさいもんいん》の女房となった。西行は待賢門院に仕えていた多数の女房達の中でも、待賢門院堀河や上西門院兵衛とは、ことに親密であった。ともに神祇伯顕仲の娘である。

西へ行くしるべとたのむ月影の　そらだのめこそかひなかりけれ　　堀河局

（そのお名前からも、あなた様を西方浄土へ参る道しるべと頼りにしておりますのに、その願いもむなしく、私のところにお立寄り下さらないのは、頼り甲斐もないことです）

（返歌）

射し入らで雲路をよぎし月影は　待たぬ心ぞ空に見えける　　西行

（その月の光があなた様のお部屋に差し込まないで、雲路を横切ったのは、あなた様が待っていて下さらないのが、暗にわかったからですよ）

「月影」は月の光の意。待賢門院堀河は、歌人としてもすぐれており、勅撰集にも多くの歌（『金葉集』に六首、『詞花集』に二首、『千載集』に十五首、『新古今集』に二首など）がとられている。

その堀河が、仁和寺に住んでいたころ、西行から訪問する旨を伝えられていたけれども、事に紛れて時が経ってしまった。月の美しい頃に、西行が自分のところへ立ち寄らないで、仁和寺の前を通り過ぎたということを聞いて、堀河から恨みごとを言い送ったのである。西行を月になぞらえての贈歌である。

堀河は西行よりかなり年長であったと思われるが、西行を極楽浄土へ導いてくれる導師として、深い敬意を払っている。それに対する西行の返歌は、立ち寄らなかったことに対し、冗談めかした言い訳をしているが、これも互いに深い信頼関係があればこそのことであろう。

この世にて語らひ置かんほととぎす　死出《しで》の山路《やまぢ》のしるべともなれ　堀河局

（この世で、よく約束しておこう、ほととぎすよ。私が死出の山路に差しかかったら、道案内をしておくれ）

（返歌）

ほととぎすなく〱こそは語らはめ　死出の山路に君しかゝらば　西行

（ほととぎすは、泣く泣く道案内を致しましょう。死出の山路に、あなたが差しかかられました折には）

ここでは西行はほととぎすになぞらえられている。ほととぎすは、「死出《しで》の田長《たおさ》」とも呼ばれ、死後に冥途への道案内をするものと考えられていた。堀河が西行に、自分の死後、冥途への道案内をしてほしいと願い、西行は悲痛な思いだけれどもお引き受けしましょうと言っているのである。

堀河の妹の兵衛は、初めは待賢門院に、その崩御後は、鳥羽天皇第二皇女である上西門院統子《とうし》に仕えた。

見る人に花も昔を思ひ出て　恋しかるべし雨にしをるゝ　西行

（かつての御幸に随行した人々が、再び花見に来たので、桜の方でも、昔を懐かしく思い出し、その懐旧の涙が雨となって降りそそいだのでしょう）

（返歌）

いにしへを忍ぶる雨と誰か見む　花もその世の友しなければ　上西門院兵衛

（その雨が昔をしのぶ涙の雨だと、誰が思ったでしょう、三院ともに世を去られ、花もその当時からの友はいなかったのですから）

保安五年（一一二四）閏二月に、白河法皇、鳥羽上皇、待賢門院によって法勝寺へ花見の御幸が行われた。この時、待賢門院の女房として供奉していた兵衛は、「万代《よろづよ》の例《ためし》と見ゆる花の色を　うつしとゞめよ白河の水」（永遠に続く世の証拠ともみえる花の色を、いつまでも映しとどめておくれ、白河の水よ）（金葉和歌集）と詠んだのであった。

それから二十年余りの歳月が流れ、待賢門院は久安元年（一一四五）に亡くなった。そして兵衛はいま、待賢門院の娘、上西門院に出仕している。今回も上西門院の女房達が法勝寺に花見に出かけたが、途中から雨に降られてしまった。桜の花も心あるものとして擬人化し、雨を懐旧の涙と重ねている。

西行は家集では西住を「同行《どうぎょう》」と呼び、生涯を通じて最も親しい友人の一人であった。西住の俗名は源季政である。伝記は明らかでなく、生没年もはっきりしないが、保元の乱後に出家したと推定され、西行より年長であったろうと考えられている。

松が根の岩田の岸の夕涼み　君があれなと思ほゆるかな

（岩田の岸で夕涼みして、あなたがここにいればなあと、しきりに思われたことです）

『山家集』『山家心中集』『西行上人集』『玉葉集』などに載る歌である。西行は夏、熊野詣の途次、岩田というところで涼をとった。「松が根の岩田」は、松の根元にある岩田ということで、枕詞的な用法である。岩田は、現在の和歌山県上富田町の富田川の中流にあり、白浜温泉にも近い。熊野詣から帰る人に託して、西住上人の許《もと》へ言い送ったのである。岩田の岸で夕涼みをしたけれども、あなたが一緒だったらとしきりに思ったことだと、恋歌と見まごうばかりの西住に対する親愛の情を歌う。

ことなく君恋ひわたる橋の上に　争《あらそ》ふものは月の影のみ　西行

（何ということもなくあなたを恋しく思い続けて渡る橋の上で、あなたへの思いと競うものと言っては、月の光だけです）

（返歌）

思ひやる心は見えで橋の上に　あらそひけりな月の影のみ　西住

（あなたを思いやる私の心は見えないでしょうから、橋の上で競いあうと言っても、それは月の光だけだったのではないですか）

月が明るく照らす夜、高野の奥の院の橋の上で、西行は西住と月を賞美してながめ明かしたことがあった。それは西行にとって忘れがたい、強い印象を残した。その直後に西住は都へ出たが、また同じ橋の上で月を見た折、かつて共に見た夜の月が忘れ難く、西住の許へ言い送ったのである。

先にみた「射し入らで……」もそうであるが、贈歌を受けて、それを否定的に切り返す詠み口は、この時代の恋の贈答歌における女歌の常套で、それだけ親密な間柄をおのずからに表すものでもあろう。

この時見た月がよほど強烈な印象を残したのか、西住の病気が重くなった時に、次のように詠んでいる。

もろともに眺め〳〵て秋の月　ひとりにならんことぞ悲しき　西行

（ともに眺め眺めしてきた秋の月だけれど、上人が死んで一人で眺めなければならなくなるのは、まことに悲しいことです）

『山家集』で、幾首かの歌の詞書に「同行に侍りける上人」とあるのは、この西住のことである。それほど心を許しあった親しい間柄であった。この歌の詞書には「例ならぬこと大事に侍りけるに」とある。すなわち病気が重くなり、いよいよ別れの時が来た時の思いである。秋の月が、とりわけしみじみと感じられる折であった。
そして西住の死に際し、親しい友である寂然と次のように詠み交わす。

乱れずと終り聞くこそうれしけれ　さても別れは慰まねども　寂然
（最後が少しも乱れなかったと聞くのは、うれしいことです。とはいっても、別れが慰められるわけではありませんが）

（返歌）
この世にてまた逢ふまじき悲しさに　勧《すす》めし人ぞ心乱れし　西行
（この世で再び逢えない悲しさに、臨終正念を勧めた私の方が、かえって心をとり乱してしまったことです）

西行は西住に、心を乱すことなく臨終を迎えること（臨終正念）を勧めたが、その通りに取り乱さずに死んでいったことを、悲しみの中にも寂然と喜び合っている。しかし西行は、それを勧めた自分の方が、かえって取り乱してしまったと、悲しみの心を率直に吐露している。
西行が臨終に立ち会い、寂然がそれを伝え聞いたのである。この時代には、取り乱さずに平静な心で死を迎えることが、とりわけ重要視された。

その寂然も、西行ときわめて親しい心の友であった。寂然は藤原為忠の子で、俗名は藤原頼業。従五位下壱岐守となるが、その後出家し、大原に住んで唯心坊寂然と名乗った。兄の寂念、寂超とともに大原三寂と呼ばれるが、寂念は大原に住んだ明徴がないとして、常盤三寂の呼称を用いるべきだとする見方もある。藤原為忠の邸宅が常盤にあったからである。

寂然は、三人の兄弟の中では歌人としてもっとも優れており、『千載集』以下の勅撰集に四十七首の歌が入集している。出家後は、時に高野山に赴いたり、讃岐に崇徳院を訪ねたりもした。

西行と同じく、仏教界や歌壇での地位や名声を求める野心はなく、草庵での静かな修行生活を志した。西行とほぼ同年配で、西行と終生親しく交わった。

紅葉見し高野《たかの》の峯の花盛り　頼めぬ人の待たるゝやなに　西行

（昨年あなたと見た高野の峯は、いま桜の花盛りですが、約束してもいないあなたの訪れが、しきりに待たれるのは、なぜなのでしょうか）

（返歌）

ともに見し峯の紅葉のかひなれや　花のをりにも思ひ出でける　寂然

（昨年共に見た高野の峯の紅葉の甲斐があったのでしょうか、私もこの桜の季節に、昨年のことがしきりに思い出されます）

昨年、高野を訪れた寂然とともに見た紅葉の光景が、忘れがたい印象として、互いに強く残っている。寂然はすぐに帰ったが、年が明け桜の季節になって、その時の印象を懐かしく思い出して、歌を詠みあったのである。

西行は高野山に、寂然は大原に、それぞれ生活の本拠を置いて修行生活を送っていたが、そうした中で、互いを思いやる一連の歌を贈答している。

入道寂然、大原に住み侍りけるに、高野より遣《つか》はしける

西行

山深みさこそあらめと聞えつゝ　音あはれなる谷川の水

山深み真木《まき》の葉分くる月影は　はげしきもののすごきなりけり

山深み窓のつれづれ訪《と》ふものは　色づきそむる櫨《はじ》の立ち枝《えだ》

山深み苔の筵《むしろ》の上にゐて　何心なく啼《な》く猿《ましら》かな

山深み岩にしたゞる水留《と》めん　かつがつ落つる橡《とち》拾ふほど

山深みけ近き鳥の音はせで　ものおそろしき梟《ふくろふ》の声

山深み木暗《こぐら》き峯の梢《こずゑ》より　ものくしくも渡る嵐か

山深み榾《ほだ》きるなりと聞えつつ　ところにぎはふ斧《をの》の音かな

山深み入りて見と見るものは皆　あはれもよほす気色なるかな

山深み馴《な》るゝ鹿《かせぎ》のけ近さに　世に遠ざかるほどぞ知らるる

返し　寂然

あはれさはかうやと君も思ひやれ　秋暮れがたの大原の里

ひとりすむおぼろの清水友とては　月をぞすます大原の里

炭竈《すみがま》のたなびくけぶりひとすぢに　心ぼそきは大原の里

なにとなく露ぞこぼるる秋の田に　引板《ひた》引き鳴らす大原の里

水の音は枕に落つるここちして　寝覚めがちなる大原の里

あだにふく草の庵のあはれより　袖に露置く大原の里

山風に峯のささ栗はらはらと　庭に落ち敷く大原の里

ますらをが爪木《つまぎ》にあけびさし添へて　暮るれば帰る大原の里

葎《むぐら》這《は》ふ門《かど》は木《こ》の葉にうづもれて　人もさしこぬ大原の里

もろともに秋も山路も深ければ　しかぞ悲しき大原の里

すべて『山家集』中の歌である。西行から寂然への歌は初句を「山深み」で、寂然から西行への返歌は、結句を「大原の里」で統一し、答歌は一首ずつ贈歌に対応して詠まれている。

西行は高野での生活を、手紙の代りに歌でスケッチ風に詠み、言い送ったのである。寂然は大原での生活を、同じようにスケッチして西行に返している。実際、西行の「山深み馴るゝ鹿《かせぎ》の」の歌が、『玉葉集』にとられただけで、他の歌が、秀歌撰集に入集することはなかったし、いずれの歌も自撰秀歌撰集である『山家心中集』に入れていない。

贈答の季節は、秋である。西行の歌には、高野での山住みの生活が淡々と描かれる。周囲は「音あはれなる谷川の水」「はげしきもののすごき月影」「ものおそろしき梟の声」「木暗き峯」「ものものしくわたる嵐」「あはれもよほす景色」に取り巻かれた世界であるが、それらを心静かに受け入れる修行生活を詠む。そしてかせぎ（鹿の異名）が身近にいて慣れ親しむにつけ、世間からどれほど遠ざかったかが知られることだと連作を締めくくる。

寂然はそれを受け、あわれさは高野と同じく、こうもあろうかとご推察くださいと、挨拶を返す。「かうや」は、「高野」と「かくや」の掛詞である。そして月を友とし、引板《ひた》（流れ落ちる水口に板を当て、板が揺れて音が鳴るようにして雀などを脅すしかけ）やささ栗が庭に落ちる音に耳を澄ませ、人もやってこない晩秋の大原の里で、悲しみに堪えている生活を叙して、西行に返している。最後の「しかぞ悲しき」の「しか」は、「鹿」と「然か」の掛詞で、西行の締めくくりの歌に使われていた「鹿《かせぎ》」の語に対応している。

草庵に閑居し、修行生活に没頭するという、相似た境遇にある二人が、日常生活をたがいに報告しあうことを通じて、細やかな心の交流が窺われる贈答歌群である。共に互いの真情を深く理解するところがあったのである。

16　神道と西行

西行は、若い頃から伊勢神宮や住吉大社にしばしば参詣しており、神道に対する信仰も厚いものがあった。

鈴鹿山うき世をよそにふり捨てて　いかになりゆくわか身なるらん　（新古今集）

（憂き世を振り捨てて、自分は今鈴鹿山を越えていくが、一体これからどのようになっていく我が身であろうか）

出家後間もないころ、伊勢へ赴いた折に詠んだ歌である。「鈴」の連想で、「ふり」「なり」の縁語が用いられている。鈴鹿山は、都から伊勢へ下る道筋にある山で、鈴鹿関があり、交通の要衝であった。ここを通り過ぎた折の感慨を詠んだものである。

いくつかの西行の歌からは、以後も度々伊勢に出かけた形跡が認められる。

先述のごとく、保元の乱に敗れ、四国に流された崇徳院は、都への帰還が叶わぬまま、長寛二年（一一六四）に讃岐で崩御する。西行は崇徳院の墓を詣で、弘法大師の遺跡を巡る目的で、仁安二年（一一六七）またはその翌年に四国へ旅立つ。その出発に先立って、賀茂別雷神社（上賀茂神社）に参詣している。

かしこまる四手《しで》に涙のかかるかな　またいつかはと思ふ心に

（かしこまって奉る幣《ぬさ》に涙がかかることだ。またいつ参ることが出来るかと思うと）

詞書には、西行は出家する前から、上賀茂神社に参詣する習慣があり、出家後も、もちろん参っていた。年を取ってから、四国へ修行の旅に出かけるに際し、再び帰ることが出来ないかもしれないと思い、仁安二年十月十日の夜参詣して、幣を捧げたことであった。僧侶の身では境内に入れないので、末社の棚尾の社に奉幣の取次ぎを願い出た時に、木の間から月がほのぼのと見え、いつもより神々しく、趣深く思われたので詠んだ歌だ、とある。

「幣」は神に祈る時の捧げもので、主に木綿《ゆう》や麻を用いたが、後には布や紙を用いることもあった。「四手」は神にささげる幣の一種で、玉串《たまぐし》や注連《しめなわ》などにつけて垂らすものをいう。「棚尾の社」は、上賀茂神社の末社で、この時代、僧侶は上賀茂神社の本殿に参ることは許されなかった。

これによってみると、西行は出家する前から上賀茂神社に参詣していたことが知られる。四国へ渡るのは、当時の交通や社会事情からすると、再び帰ることはできないかもしれないとの覚悟がいることだったのである。その旅立ちに際し、悲壮な思いで上賀茂神社に参詣するのであるから、上賀茂神社に対する信心がきわめて厚かったことを知ることができる。

絶えたりし君が御幸《みゆき》を待ちつけて　神いかばかりうれしかるらん
（後三条院が参られて以来絶えていたが、この度後白河院の御幸を待ち迎えられて、住吉の神はどれほどうれしく思っておいでであろうか）

いにしへの松の下枝《しづえ》を洗ひけん　波を心にかけてこそみれ
（その昔、後三条院が御幸された折、松の下枝を洗っていると歌を詠まれた波を、心に思い浮かべてみることだ）

「絶えたりし」の歌は、承安元年（一一七一）に後白河院が熊野へ参詣した後、住吉神社に御幸したが、修行し歩いていた西行も、翌二日に遅れて参詣した。住吉神社の釣殿が新しく仕立てられているのを見て、後三条院が御幸された折のことを、住吉の神も思い出されたのであろうとして、釣殿に書き付けたのである。

「いにしへの」の歌は、その後三条院が延久五年（一〇七三）に住吉に御幸された折、それに供奉した源経信が詠んだ歌「沖つ風吹きにけらしな住吉の　松の下枝《しづえ》を洗ふ白波」（沖の方では風が吹いたようだ。住吉の岸辺の松の下枝を白波が洗っている）（後拾遺集）を踏まえている。経信が歌に詠んだ波を、心に思い浮かべているのである。

この二首が、『山家集』『山家心中集』『西行上人集』の各家集に並んで収められている。住吉の神に対する厚い信仰をみることができる。

このほかにも熊野神社、安芸一宮、春日神社、平野神社など、神社へ参詣する機会は、少なからずあった。

治承四年（一一八〇）には、長年活動の拠点としてきた高野山を去り、伊勢に移住し、伊勢神宮の神官たちの和歌の指導に当っている。そしてこれより文治二年（一一八六）に二度目の奥州行脚に出発するまで、足掛け七年にわたる歳月を伊勢で過ごすことになる。

この頃までに詠まれたと推定される歌に

榊葉《さかきば》に心をかけん木綿垂《ゆふし》でて　思へば神も仏なりけり
（神にささげる榊葉に、木綿を垂らし、心をこめて祈ろう。思えば伊勢の神も仏なのだから）

という歌があり、この歌には、伊勢に行った時に、大神宮に参詣して詠んだ歌だという詞書が付されているが、本地垂迹《ほんじすいじゃく》思想（仏・菩薩が、人々を救うために、いろいろな神の姿を借りて現れたとする思想。仏や菩薩を本地と言い、神を垂迹という）は、早くから西行の内にも根づいていたことが窺われる。

また『千載集』には、次のような西行の歌が載っている。

深く入りて神路《かみぢ》の奥を尋ぬれば　また上もなき峯の松風　（千載集・御裳濯河歌合）

（大日如来の本地垂迹のあとを思い、神路山の奥をたずね入ると、ここにもこの上もなく尊い峯の霊《りょう》鷲山《じゅせん》に吹いているのと同じ松風が吹いている）

この歌の詞書には、「高野の山を住みうかれてのち、伊勢の国二見浦の山寺に侍りけるに、大神宮の御山をば神路山と申す、大日如来の御垂跡《すいじゃく》を思ひて詠み侍りける」とあり、これは高野を住み捨てて、伊勢に移住したことを明確に示す重要な資料である。

同時にこれは、中世における大日如来本地説（伊勢神宮の本地を大日如来とする観念）の多くの資料の先頭に立つものであることが、目崎徳衛氏によって指摘されている（『西行の思想史的研究』）。

すなわち僧侶である西行の、この時期における神宮滞在は、僧侶の神宮崇敬とその根底をなす本地垂迹思想の発展において、画期的な意味を持っているというのである。

実際この歌の「また上もなき峯の松風」には、神韻縹緲たる峰の松風に、大日如来の垂跡が美しく形象化されており、西行はそれを至高の音として聞いているのである。この歌は『千載集』に採られ、「御裳濯河歌合」に自選しているが、他の歌集には見えないから、伊勢に移住して以後の最晩年の詠と考えられる。

西行は晩年になって、それまでに詠んできた作品の中から秀歌を撰び、正続二編の自歌合《じかあわせ》を結構して、伊勢神宮に奉納することを企てる。すなわち、「御裳濯河歌合」と「宮河歌合」がそれであって、それぞれ三十六番七十二首ずつをもって構成され、前者の判を藤原俊成に、後者の判を同定家に依頼している。このことは、すでに述べたとおりである。それゆえであろう、「御裳濯河歌合」の巻頭と巻軸は、伊勢神宮にちなむ歌によって構成されている。

「御裳濯河歌合」の一番は、次の歌である。

岩戸あけし天つみことのそのかみに　桜をたれか植ゑはじめけん（左）

（岩戸を開けた天照大神の神代の昔に、桜をいったい誰が植え始めたのだろうか）

神路《かみぢ》山《やま》月さやかなるちかひありて　天の下をば照らすなりけり（右）

(神路山に澄む月は、万民を救うという天照大神の誓いによって、天の下を照らしているのだ)

天照大神は、伊勢の内宮に祀られている皇室の祖先神であり、神路山は、内宮の南方にある山である。

これらの歌は、ともに他の西行歌集にはなく、内宮へ奉納する歌として、新たに詠まれたのであろう。西行が愛してやまない桜と月を詠み、左右に配している。

そしてこの後に、判者・俊成は勅撰集の序文にも相当する、堂々たる内容の長文を付している。そこでは神代から歌の歴史を説き起こし、歌合の歴史を叙している。そして一番の歌については「左の歌は春の桜を思ふあまりに神代のことまでたどり、右の歌天の下を照らす月を見て、神路山の誓ひを知れる心、ともに深く聞ゆ。持(引分)とすべし」と判している。神の威徳を詠む歌であるから、勝負の判定などはできないというのであろう。

また最後の三十六番は

深く入りて神路の奥をたづぬれば　また上もなき峯の松風(左)

流れ絶えぬ波にや世をばおさむらん　神風涼し御裳濯の岸(右)

（流れが絶えぬ御裳濯河の波によって、この世を治めているのであろう。神風が涼しく吹き渡る御裳濯河の岸よ）

で締めくくる。御裳濯河も神宮内苑を流れる川であり、ともに伊勢の大神の威徳を歌う。そして判詞は「左の歌は、心詞深くして愚感抑え難し。右歌も神風久しく御裳濯の岸に涼しからん事、勝劣の詞加へ難し。よりて持と申すべし」として、ここでも神の威徳に関することとして、俊成は優劣の判定を避けている。

さらに「宮河歌合」の一番は

万代《よろづよ》を山田の原のあや杉に　風しきたてて声よばふなり（左）

（山田の原のあや杉に、風がしきりに吹いて大神宮が永遠であることを叫び続けている）

流れ出でてみあとたれます瑞垣《みづがき》は　宮河よりや度会《わたらひ》の注連《しめ》（右）

（遠くから流れ出て宮河を渡り、この渡会《わたらい》の地に垂迹された伊勢の神の瑞垣《みずがき》には、注連縄《しめなわ》がはり巡らされていることだ）

「瑞垣」は、神社などの周囲に設けた聖なる垣根であり、「注連」は、土地の領有を示したり、場所を示すための木を立て、縄を張って立ち入り禁止、またはそれを提示した標識である。

これらも、「宮河歌合」が奉納された伊勢神宮外宮の豊受大神を詠む。山田の原は外宮あたりの原であるが、その山田の原のあや杉に風がしきりに吹いて、大神宮が永遠であることを叫び続けているという。

また宮河は近くを流れる川であり、渡会も伊勢の東部一帯の地名である。これも外宮への鑽仰を詠んだものである。

「宮河歌合」のこうした歌も、他の西行家集の類にはみられないから、外宮へ奉納するに際しての新詠であろう。定家が伊勢の神々を崇敬する歌として、優劣の判定を下していないのも「御裳濯河歌合」の場合と同様である。

このようにこの歌合は、西行が生涯にわたり精進を重ねてきた詠歌活動の総決算を、伊勢神宮に奉納しようという企てであり、伊勢神宮への崇敬の念がいかに厚かったかということを、おのずからに示すものであった。

ところで『西行上人集』の延宝二年（一六七四）版本『西行法師家集』の末尾部分には、次のような歌が載っている。

太神宮御祭日よめるとあり

何事のおはしますをばしらねども　かたじけなさに涙こぼるゝ

（何事がおいでなさるかは知らないけれども、有難さに涙がこぼれてくる）

この歌には「とあり」という詞書が付されており、他本から書入れられたものであることは明らかで、『西行上人集』諸本の中でも、近世に入ってから書写ないし版行された末流本にのみ載っている。そして他の西行家集にはまったくみられないところから、西行の歌であるかどうか疑われているものである。

ただ西行の歌としてみても、西行の神宮に対する篤い尊崇の念からすると、特に違和感は感じられない。実際、伊勢神宮の神々に対する西行の心情は、そうしたものであったのかもしれない。

さて、西行の信仰とは、どのようなものであったのだろうか。

西行は出家して僧侶となった。出家後間もない時期に出入りしたのは、鞍馬の奥や、双林寺、長楽寺など天台宗の寺々である。

三十歳の頃には陸奥へ行脚するが、陸奥から帰ると、真言宗の根本道場である高野山にのぼり、ここを中心に三十年余りの歳月を過ごす。

あだならぬやがて悟りに帰りけり　人の為にも捨つる命は
（人のためにも捨てる命は決して無駄ではなく、そのまま悟りの境地として帰ってくることだ）

この歌は、「菩提心論」という真言密教の根本経典の一つを歌でよみ解いたものである。また真言仏教を説いた空海に対する深い尊崇の念は、先に触れた曼陀羅寺の行道所などを詠む歌などによっても、明らかであろう。

さらに浄土教に対する信仰がある。西行という法名自体、浄土教のものである。

西にのみ心ぞかかるあやめ草　この世は仮の宿と思へば
（あなたが贈って下さった菖蒲のかかっているこの山寺では、西方浄土ばかりが気にかかります。この世は仮の宿だと思いますと）

皆人の心の憂きはあやめ草　西に思ひの引かぬなりけり
（世の人皆が心憂く思われるのは、あやめ草を引いても、西方浄土に思いが引かれないことです）

西を待つ心に藤をかけてこそ　その紫の雲を思はめ

（西方極楽浄土を待つ心に藤の花を思いかけて、来迎の折の紫の雲を思おう）

山の端に隠るる月をながむれば　われも心の西に入るかな
（山の端に隠れる月を見ていると、おのずから私の心も、極楽浄土のある西に引き入れられることだ）

これらの歌には、西方浄土に心を傾ける思いが、歌われている。当時天台宗の比叡山では、源信の活躍で浄土教思想の影響が強く投影していたが、真言宗においても、高野山で指導的役割を果たしていた覚鑁《かくばん》が密教と浄土教の融合を積極的に唱えるなど、浄土教が急速に浸透していた。西行の生きた時代は、密教の時代から浄土教の時代へ大きく転換する過渡期であった。西行の歌にも、真言密教に対する信仰と、浄土教に対する信仰が、いわば共存している様相が窺われる。

さらにこれは壮年期のことと思われるが、西行は修験道の根本道場、大峰山で苦行している。これには敬慕する行尊の影響が大きかったと思われる。修験道は、役小角を開祖とする仏教の一派で、山岳修行による超自然的霊力の獲得を目的としていた。

そしてここでみたように、西行の日本古来の神に対する信仰は、若い時からきわめて篤いものがあった。晩年を伊勢で過ごしたことからも窺われるように、仏教と神道を結びつける本地垂迹思想を、結果的には強力に推進したことになる。神道と仏教が共存する上で、西行が果たした歴史的役割は、きわめて大きいといえる。

このようにみてくると、西行の信仰は、今日の概念で言えば、いわば仏教の真言宗を中心とした雑修といってよいものであろう。真言宗の僧侶として、それのみを専修していたわけではないのである。

17 円熟

西行には、次のような崇徳院との間で交わされた贈答歌がある。

最上川綱手《つなで》引くとも稲舟《いなふね》の　しばしが程は碇《いかり》下ろさむ　崇徳院

（最上川では、綱手をひいて稲舟を遡行させるにしても、しばし碇を下ろしたままにしよう、せっかくの申し出だが、しばし拒絶しよう）

（返歌）

強く引く綱手《つなで》とみせよ最上川　そのいな舟のいかりをさめて　西行

（綱手を強く引いて、お力を見せて下さい。最上川の稲舟の碇《いかり》を納《おさ》めて。お怒りもここはひとまず収めて）

かく申たりければ許し給《たび》てけり

「稲舟」に「否」の意を掛けている。「綱手」は、舟を引く綱である。新院は崇徳院であり、詞書には、「ゆかりありける人」の為に、とあるが、それがどのような人であったかはわからない。また詠まれた年次も不明であるが、保元の乱以前、西行三十代のことであろう。

西行が勘当《かんどう》を蒙《こうむ》った「ゆかりありける人」のために、崇徳院に怒りを納めて下さいと願い出て、許されているのである。『古今集』（巻二十）の「最上川上れば下る稲舟の　いなにはあらずこの月ばかり」（最上川を上り下りする稲舟ではありませんが、否と申し上げているわけではありません。今月だけはどうしても都合がつかないのです）を踏まえている。最上川の稲舟（稲を積んだ舟）を引き合いに、その「碇《いかり》」に「怒り」を掛けた贈答である。崇徳院に対し、格別の深い信頼と敬愛の念を抱いていたのであろう。

仁平四年（一一五四）には、中院右大臣源雅定が、西行の勧めによって出家している。西行三十七歳の時である。また、平治元年（一一五九）には、西行の蹴鞠の師でもある藤原成通が、やはり西行の勧めで出家した。西行四十二歳の折のことである。ともに『山家集』所載の贈答歌によって、その間の事情が知られる。こうした事実は、西行が四十歳前後には、次第に周囲の人々の篤い尊敬を受け、出家の導師として仰がれるまでの存在になっていたことを示していよう。

西行晩年の風貌を伝える、西行と文覚に関する有名なエピソードがある。『源平盛衰記』巻十九には、次のような話が載っている。

文覚は、俗名《ぞくみょう》を遠藤盛遠《もりとお》といって、上西門院（鳥羽天皇第二皇女、統子）に仕えていた武士であった。この盛遠の叔母《おば》にあたる人に、一人の美しい娘がいた。名をあとまと言ったが、母が奥州の衣川《ころもがわ》にいたことがあって衣川殿と呼ばれたので、袈裟《けさ》という異名《いみょう》でも呼ばれていた。

袈裟に心を通わせる男も多かったが、十四歳の時、源左衛門尉渡《げんざえもんのじょうわたる》に嫁《とつ》いだ。それから三年たって、女が十六歳、盛遠が十七歳の時、渡辺の橋供養があって、盛遠がその奉行《ぶぎょう》を勤めた。式が終って、桟敷《さじき》から下りてゆく女房の中に、世にも稀な美しい女が簾《すだれ》の間から見えた。盛遠が後をつけていくと、渡の家に入った。それから半年ほどの間、寝ても覚めてもその女のことを考えていたが、思いつめた盛遠は、とうとうある日の明け方、叔母のところへ行って、刀を抜いて脅迫《きょうはく》した。

叔母は娘を呼んで訳《わけ》を話し、甥《おい》に殺されるよりも、お前の手にかかった方がよいという。夕方盛遠がやって来る。そこで袈裟は一計を巡らせ、盛遠に、夫に髪を洗わせ、酒に酔わせておくから、殺してくれという。そして実際には、袈裟が髪を洗い、夫の帳台（いつも寝ている所）に寝ていて盛遠にうたれ、夫への操《みさお》を立てる。

その後盛遠は道心を催し、髻《もとどり》を切る。夫の渡も出家し、衣川の叔母も尼となった。文覚十九歳の時のことである。

以上が『源平盛衰記』の伝える話であるが、これに題材をとって、芥川龍之介は小説『袈裟と盛遠』を書き、菊池寛は戯曲『袈裟の良人《おっと》』を書いている。

さてその後、盛遠はどうなったか。『平家物語』が描くところによれば

「修行というのはどれほどの大事か試してみよう」と、先ず修行の手始めに、真夏のかんかん照りの頃、藪《やぶ》の中に入って仰向《あおむ》けになって、あぶや蚊《か》や蜂《はち》、蟻《あり》などの毒虫がびっしり身体じゅうにとりついて、刺したり食ったりしたけれども、少しも身体を動かさなかった。七日間はそのままじっとしていたが、八日目に起き上がって、「修行というのはこの程度のことか」と人に尋ねたので、人々は呆《あき》れて、あいた口もふさがらなかった。

これを修行の手始めとして、次に那智《なち》の滝に打たれる修行をした。十二月のことで雪が降り積もり、氷が張り詰めて、峰から吹きおろす嵐も凍るような頃であった。文覚は滝つぼに下《お》り浸《ひた》って、首ぎわまでつかって、不動明王の陀羅尼を唱えていた。四、五日もたつと、さすがに耐えきれず、文覚はうき上ってしまった。そして険《けわ》しい岩かどの間を、浮いたり沈んだりしながら、数百メートル流された。その時可愛らしい童子が一人やってきて、文覚の手をとって川から引き上げた。

そして人々がたき火などして温めると、間もなく文覚は息を吹き返したが、文覚は大きな目をかっと見開いて、「自分はこの滝に二十一日間打たれようとの大願がある。今日はまだ五日にしかならない。どうしてこんなところへ連れて来たか」と言って、また滝つぼに戻って行った。人々はぞっとしてものも言えなかった。

しかしその三日後には、文覚はとうとう息も絶えてしまった。そこへ滝の上から降りて来た二人の童子が、あたたかい手で文覚を撫でると、息を吹き返して、また滝つぼに戻っていった。

なお滝つぼに浸っていると、吹いてくる風も身にしまず、落ちてくる水も、湯のように感じられた。かくて二十一日間の大願をついに遂げ、次いで那智に千日籠《こも》り、大峰に三度、葛城《かつらぎ》に二度、高野、粉河、金峯山《きんぷせん》、白山、立山、富士山、伊豆、箱根、信濃の戸隠《とがくし》、出羽《でわ》の羽黒、すべて日本中を修行してまわって、都に帰って来た時には、およそ飛ぶ鳥も祈り落とすほどの、やいばのように効験《こうげん》の鋭い修験者という評判であった。

その文覚が、高雄の神護寺《じんごじ》の再興を志して、勧進帳を持って各処を歩いていたが、ある時後白河院の許《もと》へ参上した。後白河院はちょうど管弦の遊びをしている折であったが、そこに大声で勧進帳を読み上げ、院の悪口まで言った為に、「この法師、都に置いて叶ふまじ。遠流《をんる》せよ」と、伊豆国に流されてしまった。

このような話が、『平家物語』には書かれている。もちろんこれらは史実ではなく、興味本位に作られた説話にすぎないが、ともかく『平家物語』や『源平盛衰記』は、何とも型破りであった文覚の人となりを伝えている。

さてその文覚は、日頃西行を憎んでいた。遁世《とんせい》の身であるならば、一途に仏道修行に専心すべきであるのに、歌を詠んではあちらこちらに旅をしまわっている、まことにけしからぬ法師である。どこででも出会ったならば、頭を打ち割ってやろう、と常々その心づもりを周囲に語っていた。弟子たちはそれを聞いて、西行は天下の名人である。もしそんなことがあれば大変だと心配した。ある時、高雄神護寺の法華会に西行がやって来て、花などを眺め歩いたが、弟子たちは西行のことを文覚に知らせまいと思っていた。しかし法華会が終わると西行が坊へやってきて、一夜の宿を乞いたいという。

文覚は手ぐすねをひいて、日頃の思いが叶《かな》ったという様子で西行に会ったのであるが、しばし西行の顔を見守ったあと、「こちらにお入りください」と中へ入れて対面して、懇《ねんご》ろに語って一夜歓談した。そして翌朝食事をすすめて、丁重《ていちょう》に送り出した。

弟子たちは手に汗を握って、どうなる事かとはらはらしていたが、無事に返されたことを喜びながらも、日頃の言葉と違ったわけを尋ねた。すると文覚は、「あらいふかひなの法師どもや。あの西行はこの文覚に打たれんずる物のつらやうか。文覚をこそ打たんずるものなれ」(何とつまらないことを言うのですか。あの西行はこの文覚に殴られそうな顔つきをしていたか。この文覚こそ殴られそうではなかったか)、こう弟子たちに語ったという。

これは南北朝時代の歌人、頓阿の著した歌論書『井蛙抄』が伝える話である。『平家物語』は軍記物語であり、『源平盛衰記』は説話文学であるからともかくとして、『井蛙抄』の記述はかなり信頼できる。

長年の修行の結果、自ずからに具わった風格や人間的な力が、「飛ぶ鳥も祈り落とす」といわれ、やいばのように効験鋭い修験者である文覚をして、対面しただけで自然に頭を下げさせずにはおかなかったということであろう。

西行において、仏道修行と作歌修行は、密接不可分のものであった。

身に積る言葉の罪も洗はれて　心澄みぬる三重《みかさね》の滝
(身に積もる言葉の罪も洗われて、心澄む思いがする三重の滝であることだ)

詞書によると、大峰山中の三重の滝を拝んだ時に、ことに尊く思われ、三業《さんごう》の罪もすすがれる思いがして詠んだ歌である。三業は、仏教でいう身業・口業・意業の三つの業、すなわち身体・言葉・心でする後の世の報いのもととなるような、いろいろな行為を指すが、ここで言葉の罪（口業）を特に詠んだのは、和歌を意識したのであろう。

こうした狂言綺語観（道理に合わないことばや、詩歌・小説・物語などについていう）に基づくと思われる「言葉の罪」を詠む歌もあるが、実際には、そうした意識は希薄だったようで、むしろ生涯にわたり作歌にも打ち込んでいるのであり、『西行上人談抄』が伝える

昔上人云、和歌は常に心すむ故に悪念なくて、後世を思ふも、その心をすすむるなりといはれし、此事、実《まこと》なり。齢満六十にて、余命なしと思ひて、世を遁れて、一向浄土を求むるに、和歌好みし心にて、道心を好めば、まことに心散らず、やすかりける。

という和歌仏道一如観の方が、実際に近いものだったと思われる。若い頃に西行に師事した蓮阿は六十歳になり、出家してひたすら浄土を志向する生活に入ったが、かつて西行から教えられたように、和歌を好んだ心で仏道に向かうと、心が散らず安らかになったというのである。

西行は、歌人としても、年齢を加えるにしたがって成熟を示している。先に述べた通り、四十歳を過ぎる頃までに、主要な歌をほぼ詠み了《お》えている定家とは、資質がかなり異なっている。そのような点からみれば、『山家集』は、西行の高野在住時代の末頃、示寂《じじゃく》（高僧が死ぬこと）

する十年余り前に成立した歌集であり、『山家集』の成立以後に多数の秀歌が詠まれている事実を見落とすことは出来ない。

仁平元年（一一五一）に撰進された『詞花和歌集』には、「身を捨つる人はまことに捨つるかは　捨てぬ人こそ捨つるなりけれ」という歌が、一首入集したが、そこでは「よみ人しらず」として扱われている。西行三十四歳の時のことであったが、この時期には、まだ勅撰集に名前も記されない程度の社会的存在であった。

久寿二年（一一五五）またはその翌年頃に成立した藤原為経撰の『後葉和歌集』に一首、永万元年（一一六五）頃成立の藤原清輔撰の『続詞花和歌集』にも一首採られている程度であったが、寿永元年（一一八二）賀茂重保撰の『月詣和歌集』には十七首、文治四年（一一八八）藤原俊成撰の『千載和歌集』には十八首、それぞれ採録されている。このようにみてくると、歌人として高い評価を受けるようになったのは、比較的晩年になってからのことである。『千載和歌集』における入集歌数は第九位であり、二十二首入集の俊恵の没年が不明ながら、現存歌人としては俊成に次いで多い。そして、没後十五年を経ての撰集である『新古今和歌集』においては九十四首という、専門歌人を上回る集中第一の高い評価を受けるまでに至っている。

文治二年（一一八六）の秋、六十九歳になっていた西行は、再び奥州行脚の大旅行を企てる。この旅の目的は、平重衡《しげひら》に焼かれた東大寺大仏殿を再建《さいこん》するための砂金を、東大寺の重源《ちょうげん》上人の依頼によって、同族奥州藤原氏に勧進するためであった。東へ下《くだ》る途中、遠江《とおとうみ》国にさしかかった西行は、次のように詠んでいる。

東《あづま》の方へ相知りたりける人のもとへまかりける
に、小夜《さや》の中山見しことの昔になりたりけるに、
思ひ出でられて

年たけてまた越ゆべしと思ひきや　命なりけり小夜《さや》の中山
（新古今集）

（年を取って再び越えることがあると思ったであろうか。思いはしなかった。命があったからなのだ。
今越える小夜《さや》の中山よ）

この歌は、『西行上人集』にあり、『新古今集』にも採録されているが、『西行上人集』には、右のような詳しい詞書が付されている。「相知りたりける人」は、藤原秀衡であり、「昔」というのは、初度奥州行脚を指す。「小夜《さや》の中山」は、いま「小夜《さよ》の中山」と呼ばれている。旧東海道筋で、現在の掛川市にある坂道で、そこを通りかかった折の感慨を詠んだものである。感慨の中心は、「命なりけり」の一句にある。命というものに対する深い感動をこの簡潔な一句に込めている。

一定の年齢に達した人は誰しも、ふとした折にこうした感慨を催すことはあるであろうが、

若き日に世を捨てて、自ら信ずる道を一筋に歩き続けてきた西行にとって、「命なりけり」という感慨は、ひとしお深いものがあったであろう。平泉を目指した旅の途次のことである。

さらに富士の山を眺めて、次のように詠む。

東の方へ修行し侍りけるに、富士の山をよめる

風になびく富士の煙《けぶり》の空に消えて　行方《ゆくへ》も知らぬわが思ひかな

（新古今集）

（風になびく富士の煙《けむり》は、空に消えて行方も知られない。ちょうどそのように、私の思いも、行方が分からなくなることだ）

この歌も『西行上人集』や『新古今和歌集』に収載されているが、『西行上人集』では特に詞書が付されずに、恋の部に載っている。

上三句は「行方も知らぬ」にかかる序詞である。一首の心はむろん「行方も知らぬわが思ひかな」にある。「わが思ひ」の一語に、七十年に近い人生の万感の思いを託していよう。それは若き日に相手に受け入れられることなく今日まで引きずってきた恋の思いだったのかもしれない。しかしこれだけの時間が経ってみれば、そうしたことをも含めて、人生万般にわたるさまざまな感慨なのであろう。

来し方行く末の胸に去来するさまざまな思いは、富士の煙と共に、永遠の時空に放たれ、遠

く消えていく。行方なく漂泊する魂を動かぬ姿に詠み据えて、後世広く愛唱された歌である。西行入滅直後に、慈円は『拾玉集』の中で

「風になびく……」も、この二、三年の程によみたり。「これぞわが第一の自嘆歌」と申しし事を思ふなるべし。

と、西行自らが、この歌を自嘆歌の第一にしていたという事実を伝えている。西行はおそらくこの歌によって、歌いたいものを歌い切った、という強い思いがあったのではなかろうか。その意味でこの歌は、西行の歌人としての生き方を締めくくる生涯の絶唱といってよい。

やがて西行は鎌倉に差しかかる。鎌倉で源頼朝に会っていることが、『吾妻鏡』文治二年（一一八六）八月十五日の条に記されている。

二品《にほん》（頼朝）鶴岡宮に御参詣。しかるに老僧一人、鳥居の辺《あたり》に徘徊《はいかい》す。これを怪《あや》しみ、（梶原）景季《かげすえ》を以て名字を問はしめ給ふのところ、佐藤兵衛尉憲清《のりきよ》法師なり。今は西行と号すと云々。よりて奉幣以後、心静かに謁見《えっけん》を遂げ、和歌の事を談ずべきの由、仰せ遣はさる。

頼朝が鶴岡八幡宮に参詣していた時に、鳥居のあたりを老僧が一人で歩き回っていた。これを怪しんで梶原源太景季に名前を尋ねさせたところ、西行だということがわかった。和歌の話をしたいから、心静かに面会したい旨申し入れる。西行も承知したので、頼朝は参詣ののち、西行を連れて早々に帰り、営中（将軍の居所）に招き入れて会談した。

頼朝は西行に、歌道ならびに弓馬のことにつき、いろいろと尋ねた。それに対し西行は、弓馬のことは、先祖より伝えてきた兵法の書もあったけれども、出家遁世した折に、皆焼いてしまった。「罪業の因たるによって、その事かつて心底に残し留めず、皆忘却しをはんぬ」――兵法などというものは、罪業の因であるから、皆忘れてしまった。

「詠歌は、花月に対して動感するの折節、わづかに三十一文字を作るばかりなり。全く奥旨《おうし》を知らず」――そういうわけで、いずれもお話するようなことはありません。そのようにはじめはけんもほろろに答えていたが、頼朝は引き下がらない。なおもねんごろに尋ねるので、それではと、話しだした。弓馬のことについては、詳細に話した。頼朝は藤原俊兼に命じて、西行のことばを筆録させた。西行の話は終夜に及んだ。

翌日の正午に西行は退出した。頼朝はしきりに引きとめたけれども、それを振り切るように退出した。頼朝は銀で作った猫を贈物として西行に与えた。西行はこれをいったん受け取ったけれども、門前で遊んでいた子供に与えてしまった。

武家世界の覇者である頼朝が、一出家僧の西行に、兵法と和歌についてしきりに教えを乞うている。また西行にとって、頼朝などにはたいして関心がなかったらしいことが窺われる興味深い資料である。

もっともこの時期になると、西行の歌人としての盛名は関東に聞こえていたであろうし、また西行の側からすると、荘園をめぐる争いを通して、源氏に冷ややかな感情を抱いていたということもあった。

銀の猫を子供に与えたということも、西行の無欲ぶりを語るものではあるが、しかし実際、銀製の重い猫などを持って旅を続けるのは、かえって迷惑なことでもあったろう。

西行は、その年の十月に平泉に到着する。そして西行の勧進によって、藤原秀衡はただちに砂金を南都へ送っている。西行の旅の目的は、達せられたのである。

旅から帰って、京都の嵯峨に住んだ一時期があったと思われるが、おそらくその頃に詠まれたと思われる歌が『聞書集』に収められている。嵯峨は出家直後にもひと時、庵を結んで修行したことがあった。

うなゐ子がすさみに鳴らす麦笛の　声におどろく夏の昼臥《ひるぶ》し

（うない子――髪の先を衿首《えり》のあたりで束ねた童子――が、気ままに吹き鳴らす麦笛に、はっと目を覚《さ》まされる夏の昼寝であることよ）

昔かな炒粉《いりこ》かけとかせしことよ　あこめの袖《そで》に玉襷《たまだすき》して

（昔のことになったなあ。炒粉《いりこ》かけ――語義不明――とかをしたことであったなあ。あこめ――男児の衣裳で、下襲《したがさね》の下、単《ひとえ》の上に着る衣服――の袖に玉襷《たまだすき》をして）

竹馬を杖《つゑ》にも今日《けふ》は頼むかな　童《わらは》遊びを思ひ出《い》でつゝ

（竹馬を杖にも今日は頼むことだ。子供の時にやった遊びを思い出しながら）

昔せし隠れ遊びになりなばや　片隅《かたすみ》もとに寄り臥《ふ》せりつゝ

（昔したかくれ遊びの子供になってしまいたいものだなあ。片隅に寄り臥せりながらそんなことを思う）

篠《しの》ためて雀《すずめ》弓張る男の童《わらは》　額烏帽子《ひたひえぼし》の欲しげなるかな

（篠竹をたわめて雀を射る弓を張っている男の子は、いかにも額烏帽子《ひたいえぼし》――男の子が烏帽子《えぼし》に模して

額につける黒い三角形の紙または絹——がほしそうだなあ）

我もさぞ庭のいさごの土遊び　さて生《お》ひ立てる身にこそありけれ

（私も庭のいさご——砂——の土遊びをして、そのように生い育った身であったのだなあ）

高尾寺《たかをでら》あはれなりける勤《つと》めかな　やすらい花と鼓《つゞみ》打つなり

（高尾寺では、興趣あるお勤めが行われているな。「やすらい花」とはやしながら、鼓を打つ音が聞こえてくることだ）

いたきかな菖蒲《しやうぶ》かぶりの茅巻《ちまき》馬は　うなゐ童《わらは》のしわざと覚えて

（見事な出来だな、菖蒲をかぶせた茅巻《ちまき》馬は。うない髪の子供のしたことと思われて）

入相《いりあひ》の音のみならず山寺は　文《ふみ》読む声もあはれなりけり

（入相の鐘の音のみならず、山寺では子供たちが経を読む声も、しみじみと感じられる）

恋しきをたはぶれられしそのかみの　いはけなかりし折の心は

（恋しい思いを戯れごとにされたその昔の、幼なかった折の心といったら……）

これらは、「嵯峨《さが》にすみけるに、戯《たは》ぶれ歌とて人々よみけるを」という詞書のもとに一括されている十三首のうちの初めの十首である。どのような折に詠まれた歌か、具体的な事情は知られないが、嵯峨で人々が寄り合って、昔のことをテーマとした歌を、戯れに詠みあったことがあったのであろう。その折に西行も子供の頃を偲ぶ歌を幾首か詠んだのである。

夏にうとうとと昼寝をしていると、「うなゐ子」が気ままに吹き鳴らす麦笛に、はっと目を覚まされる場面から描き出される、幼少期の回想である。

「炒粉《いりこ》かけ」の遊び、竹馬遊び、かくれんぼう、篠竹をまげて雀弓の弦を張ったこと、庭の砂の土遊び、高尾寺での法華会で「やすらい花」と、童女がはやしながら鼓を打つ音を、しみじみ聞いたこと、菖蒲をかぶせて茅巻馬をつくったこと、山寺で経文を読む子供たちの声がしみじみと聞こえること、年上の女性に、恋しい思いをたわむれとして扱われた幼き日の心といったら……。

そういった幼少期の記憶が、老境にある現在の自分と交錯しながら、なつかしい思い出として描き出されている。

これらの歌には、晩年の安らかに自足した思いの、おのずからなる流露がみられる。

死の前年、文治五年（一一八九）の秋頃に、西行は比叡山の無動寺大乗院に慈円を訪ねている。一夜歓談し、翌朝眼下に広がる琵琶湖を見渡して、慈円と詠み交わした歌が、慈円の歌集『拾玉集』に載っている。

鳰《にほ》てるやなぎたる朝に見わたせば　こぎ行く跡の浪だにもなし

（静かな朝に琵琶湖を見渡すと、漕ぎゆく船の跡には、波すら立っていない）

比叡山無動寺の大乗院で、放出《はなちいで》（母屋から張り出して建て増した部屋）から琵琶湖を眺め渡して詠んだ歌である。「鳰てる」は、鳰の海（琵琶湖）を詠む歌の中に使われる枕詞であるが、ここでは琵琶湖そのものを指している。今は周囲に木が高く生い茂り、琵琶湖への視界が遮《さえぎ》られているが、当時は広く見渡しがきいたのである。

ほのぼのと近江《あふみ》の湖《うみ》を漕ぐ舟の　跡なきかたに行く心かな　慈円

（ほのぼのと近江の湖を漕いでいく舟が、波さえ立てずに過ぎていく。そのようにあなたの心は、澄明な世界に向かって進んでいかれるのですね）

この歌に付された詞書には「（西行が）今は歌と申すことは思ひたちたれど、結句をばこれにてこそつかうまつるべかりけれ、とて詠みたりしかば、たゞに過ぎがたくて和し侍し」とある。西行はこの時期、歌を詠むことを神かけて思い絶っていたという。もう詠むべきものは詠みつくしたという思いだったのであろう。しかし眼下に開ける琵琶湖の眺望とそれを見た朝の感動は、その禁を破るほどの大きなものだった。これは西行が生涯最後の歌を詠むつもりで詠んだ歌であることに深く感動して、慈円がそれに和したのである。

西行の歌は、万葉歌人・沙弥満誓《さみまんぜい》の「世の中を何にたとへむ朝ぼらけ　漕ぎゆく舟の跡の白浪（この無常な世の中を、いったい何に例えたらよかろうか。夜明けに漕ぎ出していった舟の跡に立つ白波のようなものだろうか）」（拾遺集）を踏まえて詠まれている。これに対し慈円も、同じく万葉歌人・柿本人麻呂の作と伝えられる「ほのぼのとあかしの浦の朝霧に　島がくれゆく舟をしぞ思ふ（ほのぼのと明けていく明石の浦の朝霧の中、島陰に消えていく舟を、しみじみと思うことだ）」（古今集）を踏まえて詠み、それに応えたのである。

沙弥満誓は、世の中を譬《たと》えて「漕ぎゆく舟の跡の白浪」と言ったが、西行は湖面を見渡して「こぎ行く跡の浪」すらもないとする。それは富士の煙とともに、すべての「思ひ」が消え失せてしまうとするのと同じ発想である。その静かで澄み切った心境を詠んだこの歌もまた、西行が生涯をかけて辿りついた、一つの到達点を示すものだった。

18　示寂

『山家集』の春の部には、次のような歌が並んで収められている。

願はくは花の下にて春死なむ　その如月《きさらぎ》の望月の頃
（出来ることなら、生涯愛してやまなかった桜花舞い落ちる木の下で、二月十五日の釈迦入寂《にゅうじゃく》の日に、この世の生を終えたい）

仏には桜の花をたてまつれ　わが後の世を人とぶらはゞ
（死後、後世《ごせ》を弔《とむら》ってくれる人があるならば、供養として桜の花を供えてほしい）

『山家集』は、西行が示寂する十年も前に編まれたものであるから、『山家集』に載っているということは、いわゆる辞世の歌ではない。ただ死を覚悟するほどの重い病気をしたこともあるようであり、あるいはそうした折に詠まれたのかもしれないが、具体的にこの歌が詠まれた折の事情は知られないから、ひとまず自らの死についての、日頃の願いを詠み置いたものと解しておく。

仏道修行者の臨終として、まことにふさわしい願いである。釈迦入寂の日に、桜の花や月に象徴される自然に、安らかに合一せんことを願うのである。西行はこの「願はくは」の歌を自ら「来む世には心のうちにあらはさむ　あかでやみぬる月の光を」と番えて、「御裳濯河歌合」七番左に自選しているが、この歌に対し判者俊成は、「……願はくはとおきて春死なむといへる、うるはしき姿にはあらず、この体にとりて上下あひ叶ひ、いみじく聞ゆるなり。さりとて深く道に入らざらむ輩《ともがら》は、かく詠まむとせばかなはざることありぬべし。これは至れる時のことなり」と評して、「持」（引分）の判定を下している。

死を希求するテーマ自体が、うるわしい対象をうるわしく詠むことを志向する和歌には、ふさわしくないと言っているのであろう。ただこの歌については、上下相調和して、素晴らしく響く。しかしこれは西行だから詠める歌であって、深く道に達していない者が詠んでもよい歌にはならないだろうとする。

歌壇的営為である歌合の場に、このような歌を持ち込む西行と、それを精一杯理解しようとしながらも「持」の判定を下す俊成……そこに歌壇に生きる者と歌壇の外で自由に歌を詠んでいた者の、立場の違いをみることが出来よう。『新古今和歌集』でもこの「願はくは」の歌は、いったんは入集しながら、最終段階で棄除されている。

西行はその後病を得て、文治六年（一一九〇）二月十六日、河内国弘川寺において、七十三歳で示寂する。日頃の願いどおりの死であった。文学のみならず、文化史に大きな足跡を残した西行が誠実に生きた人生の、まさに大団円と言うべき終焉であった。

陰暦二月十六日は、この年の太陽暦では三月三十日であり、開花が早い年ならば、この当時でも桜は咲いている。

この事実は、当時の人々に大きな衝撃を与え、深い感動を呼び起こした。俊成・定家・慈円等の歌人たちは、それぞれこの歌を踏まえて、西行の死を哀悼《あいとう》する歌を詠んでいる。

俊成は西行が亡くなった時、この歌を思い出し、しみじみとした気持ちで

願ひおきし花の下《した》にて終りけり　蓮《はちす》の上もたがはざるらむ　俊成（長秋詠藻）

（日頃願っていた桜の花の下で、臨終を遂げられました。この上は、極楽往生は疑いないでありましょう）

と詠んだ。西行が日頃の願い通りの死を遂げたことを讃嘆、極楽往生は疑いないであろうとする。

定家は、西行が臨終に際して取り乱さず、立派に死んでいったと聞いて、その死後に三位中将公衡《きんひら》（藤原公衡。定家の従兄弟）に次のような歌を送っている。

望月《もちづき》の頃はたがはぬ空なれど　消えけむ雲の行方《ゆくへ》悲しな　　定家

（かねて西行上人が願っておられたのに違わぬ望月の空ではありますが、消えてしまった雲——上人——の行方が、ひたすら悲しく思われます）

定家の歌にしては珍しく、悲傷の思いを率直に詠んでいる。

それに対し、三位中将藤原公衡も次の歌で応えている。

紫の色と聞くにぞ慰むる　消えけん雲はかなしけれども　　藤原公衡（拾遺愚草）

（紫の雲に迎えられての大往生であったと伺って、心が慰められます。雲と消えてしまわれたのは、悲しい限りでありますが）

さらに慈円は、西行が亡くなった時の様子が実に立派で、存生時に願っていたのと少しも違わなかったのは、末法の世に滅多にないことだとして、次のような歌を寂蓮に詠み送っている。

君知るやその如月《きさらぎ》といひおきて　詞《ことば》におくる人の後の世
（あなたはご存じですか。「その如月の望月の頃」と詠み置いて、その言葉どおりに亡くなった人の後《ご》世《せ》のめでたさを）

風になびく富士のけぶりにたぐひにし　人のゆくへは空にしられて
（「風になびく富士のけぶりは空に消えて」と詠み、そのけぶりとともに消えていった上人の行方を、空にはっきりと見ることが出来ます――極楽往生は疑いないことです）

ちはやぶる神に手向る藻塩草《もしほぐさ》　かきあつめつつ見るぞかなしき　（拾玉集）
（神に捧げた上人の歌の草稿を、とり集めて見るにつけても、何とも悲しいことです）

一、二首目は、西行の「願はくは」「風になびく」の歌を踏まえた哀悼歌である。いずれも、西行が日頃の願いどおりの死を遂げたことに対する深い感動を歌っている。三首目は、この歌の後に付された注によると、西行が伊勢神宮の摂社に奉納する予定であった「諸社十二巻歌合」のことを言っているようであるが、この歌合は現存しないのではっきりしない。

そして西行が日頃の願い通りの死を遂げたことが誘因《ゆういん》となって、西行に関する事績は、以後急速に説話化されることになり、やがて『西行物語』や『撰集抄』を生むことになる。この「願はくは」の歌は、西行の志向《しこう》した世界とその達成を象徴的に語るものであり、後世《こうせい》の西行伝説を生む直接の契機となったという意味で、記念碑的な一首であるといえよう。

19　西行と定家

西行と定家は、四十歳余りの年齢の差はあったが、ほぼ同時代を生きた歌人である。ただ両者の歌風や生き方はかなり違っており、従来両者は比較して論じられることが多かった。すなわち人生派、抒情派としての西行と、構成派、唯美派の定家という対比である。後鳥羽院は、西行に対して

西行はおもしろくて、しかも心も殊に深く、ありがたくいできがたき方も共に相兼ねて見ゆ。生得《しやうとく》の歌人とおぼゆ。おぼろげの人、まねびなどすべき歌にあらず。不可説の上手なり
（西行は歌の趣向を凝らしていて、しかも心も殊に深く、このような歌がめったに詠まれない点も、兼ねそなえているようにみえる。天性の歌人と思われる。普通の人が真似などできる歌ではない。口では説明できないほどの名手である）

と述べ、一方定家については

定家はさうなき者なり。さしも殊勝なりし父の詠をだにもあさ〳〵と思ひたりし上は、まして余人の歌、沙汰にも及ばず

（後鳥羽院御口伝）

（定家は論外な者である。あれほどすぐれた歌人であった父の歌でさえも、軽々しく思っていた上に、ましてそれ以外の人の歌は、問題にもしない）

と評したことも、両者を対立的に見る見方に拍車をかけた。

現代でも小林秀雄は、定家の

見渡せば花も紅葉《もみぢ》もなかりけり　浦の苫屋の秋の夕暮れ

の歌を評して、「外見はどうあらうとも、もはや西行の詩境とは殆ど関係がない。『新古今集』で、この二つの歌が肩を並べてゐるのを見ると、詩人の傍で、美食家があゝでもないかうでもないと言つてゐる様に見える」（『無常といふ事』）と述べ、対立的に捉えている。

定家は文治二年（一一八六）、二十五歳の時に、西行から勧進された「二見浦百首」を詠んでいる。高野山から伊勢に移住していた西行が、大神宮法楽のため、定家、藤原隆信、慈円、寂

蓮、公衡、藤原長方などの後の新古今歌壇を担う俊秀たちに呼びかけたもので、初学期の定家は、全力でこれに応じたようである。後にこの百首から、『千載集』に三首、『新古今集』に四首の歌が撰入されており、質的にも優れた達成を示している。

この百首が西行の勧進によるという点でも予測されることであるが、全体に西行の歌の影響が少なからずみられる。この百首中の「見渡せば……」の歌も、明らかに西行の「心なき身にもあはれは知られけり　鴫立つ沢の秋の夕暮」の影響下に詠まれている。

ここでは「花も紅葉もない」と否定された眼前の蕭条たる光景に、花や紅葉が盛りであった折の美しい光景が二重写しとなって、その美的余韻の中に、作者は一歩退いて身を置いているのである。「花も紅葉もない」というのであるから、眼前にあるのは、たしかに夕暮れのいわば墨絵のような情景である。しかし文芸というものは面白い性格があり、「花」や「紅葉」ということばが一度出てきたことによって、桜の花や紅葉の華やかなイメージが、一度脳裏に思い描かれる。それが今度は「ない」と否定されたことによって、墨絵のような情景があらわれてくる。そしてその二つの情景が二重写しになるのである。

花や紅葉のような華やかなものはまったくない。そのような墨絵のような情景に、定家は深い感動を覚えたのである。この歌では、いわば無の中に美を見出す日本独特の審美眼ともみられるが、そのような美が、はじめて形を表したのが、定家のこの歌あたりであったと思われる。後に禅宗の影響も多分に受けている茶道方面で、この歌がとりわけ重んじられることになる。

『南方録』は、南坊宗啓が茶道の師である千利休から聞いたところを書き記した書であるが、そこには利休の師である武野紹鷗が、侘茶の心は定家の「見渡せば……」の歌の精神である、と言ったということになっている。この歌を定家自身は自選の秀歌選集の類にとっておらず、あまり高く評価していなかったようであるが、後世はきわめて高く評価することになるのである。

ところで定家は、生涯にいくつかの歌論書を書き、また秀歌選集を編んでいる。その歌論書には、しばしば秀歌例が付されている。

元久二年（一二〇五）に後鳥羽院の命で、『新古今和歌集』が撰進されている。源通具、藤原有家、藤原家隆、藤原定家、藤原雅経が撰者に撰ばれ、各撰者に歌を推薦させている。入集歌がどの撰者からの推薦であるかを示す「撰者名注記」が記されている写本があり、それをみれば、新古今和歌集に入集した西行の歌が、どの撰者から推された歌かが分かる。西行の『新古今集』に採録された歌の約三分の二に、定家の撰者名注記が記されている。この約三分の二という割合は、五人の撰者の中では、家隆と共に最も多いのである。

定家には、建保三年（一二一五）頃に編纂された『二四代集』（定家八代抄）という秀歌選集がある。これは定家が八代集の歌の中から、自ら愛唱する歌、優れていると思う歌を抜き出し、座右に置いて、自らが歌をつくる時に参考にした、いわば作歌参考書ともいうべき性格の書物で、千八百首余りから成る。ここで定家は人麻呂五十五首、俊成五十二首に次ぎ、西行の歌を五十首選んでいる。

さらに次のような秀歌選がある。

『八代集秀逸』

これは定家が八代集の歌の中から秀歌を各十首ずつ、計八十首を選んだものである。各歌集の収載歌多数の中からの十首であるから、秀歌中の秀歌といってよい。ここで定家は、西行の歌を『千載集』から二首選んでいるが、これは源俊頼の三首に次ぎ、父俊成と並ぶ数である。『新古今集』からも西行歌を三首採るが、これは後鳥羽院と並びもっとも多い。後鳥羽院と西行の歌を合せると六首であるから。この二人だけで全体の六割を占めることになる。八代集の歌の中から秀歌を各十首選ぶという作業は、後鳥羽院や家隆もしており、この三人共撰の別本も存する。

『近代秀歌』自筆本

これは源実朝の求めに応じて書き送った歌論書を、のちに定家自身が書き改めたものである。末尾に『二四代集』から抄出した秀歌を八十三首載せている。ここでは西行の歌から、俊成の六首に次ぐ五首を採っている。

『詠歌大概《えいがのたいがい》』

これは定家が後鳥羽院の皇子、梶井宮のために著したもので、和歌に対する概括的な見解を漢文で記し、秀歌として百三首載せている。ここでも西行の歌から俊成の七首に次ぐ六首を採っている。

これらの秀歌撰集を見ると、総じて定家は、西行の歌に対し、父俊成に次ぐ高い評価を下している事実を知ることができる。すなわち歌壇の中心にいた定家が、勅撰集的審美眼で歌を評価しても、父俊成は別格とすれば、西行の歌を最高に評価しているのである。両者の歌風の違いから、両者は互いに相手の歌を評価していなかったとする見方があるなら、それはまったく見当違いというべきであろう。

それでは、どのような歌を定家は評価していたのかを具体的に眺めてみたい。これらの秀歌選集で定家がとりあげている西行の歌は、次の八首である。

1　歎けとて月やはものを思はする　かこち顔なるわが涙かな
（嘆けといって月はもの思いをさせるのであろうか。いやそうではない。それなのに、月のせいにして、かこつけがましく流すわが涙であることだ）

2　あはれいかに草葉の露のこぼるらむ　秋風立ちぬ宮城野の原

（ああ、宮城野の原では、今ごろどれほど草葉から露がこぼれ落ちているだろうか。秋風が吹きはじめたが）

3

秋篠《あきしの》や外山《とやま》の里やしぐるらむ　生駒《いこま》のたけに雲のかかれる

（秋篠の外山の里は、今しぐれているだろうか。生駒のたけには雲がかかっている）

4

くまもなき折しも人を思ひ出て　心と月をやつしつるかな

（月が翳《かげ》りなく照りわたっている折も折、あの人を思い出して流した涙で、わが心から月を曇らせてしまったことだなあ）

5

この世にてまた逢ふまじき悲しさに　勧《すす》めし人ぞ心乱れし

（この世で再び逢えない悲しさに、臨終正念を勧めた私の方が、かえって心をとり乱してしまったことです）

6

おしなべて花の盛りになりにけり　山の端《は》ごとにかゝる白雲

（世はすべて桜の花盛りになったことだ。山の端ごとに白雲がかかっている）

7　道の辺《べ》に清水流る、柳かげ　しばしとてこそ立ちどまりつれ
（道のほとりに清水が流れている柳の陰に、ほんの少しの間と思って立ちどまっただけなのに。思わず知らず、長い時間を過ごしてしまった）

8　白雲をつばさにかけて行く雁《かり》の　門田《かどた》の面《おも》の友したふなる
（白雲をつばさにかけて飛んでいく雁が、門前の田のほとりにいる友の雁を慕って、鳴いているようだ）

これらの歌の所在を○印で示すと、次のとおりである。

	部立	撰者名注記	二四代集	近代秀歌	詠歌大概	八代集秀逸	百人一首	備考
1歎けとて	恋	（千載）	○	○	○	○	○	御裳濯河歌合
2あはれいかに	秋	○	○	○	○	○		御裳濯河歌合
3秋篠や	冬	○	○	○	○	○		宮河歌合
4くまもなき	恋	○	○	○		○		
5この世にて	哀傷	（千載）	○	○		○		
6おしなべて	春	（千載）	○		○			御裳濯河歌合

7道の辺に	夏	○	○					
8白雲を	秋	○	○		○			宮河歌合

ここで注意されるのは、四季歌が五首でもっとも多く、恋歌二首がそれに次ぎ、雑歌《ぞうか》が一首もみられない事実である。

西行のことばとして『西行上人談抄』には「和歌はうるはしくよむべき也。古今集の風体をもととしてよむべし。中にも雑の部を常に見べし」（和歌はうるわしく詠むべきである。それも『古今集』の風体をもととして詠まなければならない。中でも雑歌の部を常に見るべきだ）とあるが、実際後鳥羽院主導で選ばれた『新古今和歌集』でも、定家の入集歌は、四季歌十七首（三七%）、雑歌六首（一三%）であるのに対し、西行のそれは四季歌二十六首（二七・七%）、雑歌三十四首（三六・二%）であるから、西行の歌の特色がむしろ雑歌にあるのは明らかである。

ただ定家が西行の歌で高く評価したのは、雑歌より四季歌の方であり、歌壇側から見た西行に対する高い評価は、主として四季歌に対する評価だったのである。この定家撰の秀歌例の中には、西行が自嘆歌の第一にしたという

風になびく富士の煙の空に消えて　行方も知らぬわが思ひかな

や、後世有名になった

心なき身にもあはれは知られけり　鴫立つ沢の秋の夕暮

などは、含まれていない。そうしたところに定家と西行の歌に対する見方の違いを見出すことができるであろう。

西行の歌で、定家が最も高く評価したのは、「百人一首」に選んだ次の歌である。

歎けとて月やはものを思はする　かこち顔なるわが涙かな

この歌は、『山家集』『山家心中集』『西行上人集』「御裳濯河歌合」『千載集』などにも載るが、西行諸歌集には「月」や「恋」として一括されている歌群中にある。『千載集』には、「月前恋といへる心をよめる」という詞書のもとに載り、題詠であることを示す。この歌を定家は、右に挙げたすべての秀歌選集に採っている。「百人一首」は、定家が宇都宮入道蓮生から、嵯峨中院のふすまに張る歌の選定を依頼されたものという条件の中ではあるが、各歌人の歌を一首ずつ選ぶという企画なのであり、この歌は定家が最高に評価した歌だったのである。

月を見ていると、恋しい人のことがしきりに思い出されて、自然と涙がこぼれ落ちるという。これは過去の思い出を歌っているわけではなく、いま現在の心境として詠んでいるのであろう。月が物思いをさせるわけではない。それなのに月のせいだと一瞬かこちたくなるような私の涙であることよと、自分をやや突き放したところから詠んでいる。そこには、淡い自虐の念のようなものも感じられる。全体に、甘く苦い思いが漂っている。

それは定家のもっとも庶幾《しょき》する（請《こ》い願った）歌の姿であった。この歌は「御裳濯河歌合」二十八番左にも自選しており、そこでは俊成によって、「心深く、姿優なり」と評されている。恋の懊悩《おうのう》を直截に表現するのではなく、穏やかな叙情に包んで表現したところを、俊成は好ましく感じたのであろう。

西行が自らの姿をやや突き放すように詠んでいる点は、次の歌なども同様である。

くまもなき折しも人を思ひ出て　心と月をやつしつるかな

（月が翳《かげ》りなく照りわたっている折も折、あの人を思い出して流した涙で、わが心から月を曇らせてしまったことだなあ）

「くまなし」（隈なし）は、陰になるところがない、「心と」は、自分の心からの意で、この歌なども、自分を少し離れたところから客観視しようとしている点、また物語のひと齣を思わせる点などは、「歎けとて……」の歌に通じるものがあり、ともに定家の好尚に合致するものだったと思われる。

ところでこの「歎けとて……」の歌が、「百人一首」において、西行という歌人を代表する歌であるかどうかということに関して、現代の評者の中には、他にも優れた歌が多くある中でこの歌を選んだのは、定家の選び損ないだとする見方もなされている。しかしそうではあるまい。多くの秀歌撰集に軒並み選んでいるところからみても、定家はこの歌に対して、確信をもって最高の評価を下したのである。

そのことは、西行のみならず他の歌人の歌についてもいえる。「百人一首」で定家が選んだ歌が、その歌人を代表する歌として不適当だとする見方は常にある。人により歌の見方がさまざまであるのは当然であるが、それが定家の選歌として適切であるか否かの判断は、軽々になされるべきではないであろう。定家は「百人一首」で各歌人の歌を、相当慎重に選んでいるのである。

西行の歌は、先行歌から少なからざる影響を受けているが、同時に、同時代並びに後代の歌に大きな影響を与えてもいる。例えば定家の代表的作品の一つとして知られる「見渡せば……」の歌などは、先に触れたように、明らかに西行の「心なき……」を踏まえて詠まれている。この歌をはじめとして他にも、定家の歌に西行の歌の影響がみられるものも、少なくない。

さらに付言すれば、影響を与えたのはむろん定家ばかりではない。良経、慈円、雅経など、同時代の他の歌人たちにも、多くの影響を与えているのである。

例えば次のような例がある。

あはれいかにたびゆくそでのなりぬらむ　このしたわくる宮城野の原（良経）
あはれいかに草葉の露のこぼるらむ　秋風立ちぬ宮城野の原（西行）
ほととぎすひとり心にまちとりぬ　外山のすそに落つる初音を（慈円）
ほととぎす深き峯より出にけり　外山のすそに声の落ちくる（西行）
露じもにはつせのひばらつれなくて　あらしにたぐふ入相の鐘（雅経）
暁の嵐にたぐふ鐘の音《おと》を　心の底にこたへてぞ聞く（西行）
夏の日をたが住む里にいとふらむ　涼しく曇る夕立の空（家隆）
よられつる野もせの草のかげろひて　涼しく曇る夕立の空（西行）
来てみれば寂《さ》びしかるべき家ゐかは　月もすみけり秋の山里（隆信）
鹿の音《ね》を垣根にこめて聞くのみか　月も澄みけり秋の山里（西行）

このように西行による独創的な表現やそれに近い個性的な表現が、新古今歌人たちによって、頻用されるようになった例は少なくない。

ただ西行自身は、生涯にわたり作歌の道に精進を重ねてきたにも拘わらず、いわゆる歌壇と直接交渉を持とうとはしなかった。当時盛んに行われた歌合の場にも出席しなかった。実生活の上でも、真の自由を求めて草庵の修行生活をしたように、歌壇的な制約の下での作歌を嫌い、比較的自由な立場での作歌を志したのであろう。

その西行が、晩年に至り、『千載集』撰集の報に接しては、撰者俊成に歌稿と挨拶の歌を送って、自らの歌の入集を熱心に希望し、また一方で、それまでに詠んできた作品の中から秀歌を撰び、正続二編の自歌合を結構して、伊勢神宮に奉納することを企てる。すなわち、「御裳濯河歌合」と「宮河歌合」がそれである。

それまで歌壇と一定の距離を保ってきた西行が、ここに到って、なぜ勅撰集入集を希望し、歌壇の中心にいる人物に自歌合の加判を乞うたのであろうか。

思うにこれは、生涯かけて精進を続けてきた自己の詩的達成について、歌壇に対して、いわばその確認を求めた行為だったのではなかろうか。

俊成は西行よりも四歳年長であったが、壮年の昔より親交を結んでおり、西行の依頼に快く応じ、時を隔てずに加判を了えている。定家は未だ二十代半ばの若輩であったが、おそらく西行は、この依頼に若き定家に歌道精進の機会を提供する意味をも込めていたと思われる。

定家は、加判の相手は老大家西行であり、その判もなかなか進捗しなかったが、途中西行に幾度か激励・督促されながら、二年あまりかけて判詞を書き上げ、その草稿を河内の弘川寺で病床に臥していた西行のもとに届けている。

その返信である西行から定家に宛てた手紙が残されている（「贈定家卿文」）。西行は当時、重い病の床に臥して、起き上がれぬ状態であったが、人に三度読ませ、感激のあまり自らも頭をもたげて、休み休み二日かけて、定家から届けられた草稿を読んだと記されている。

この手紙で西行がとり上げているのは、「宮河歌合」九番である。

世の中を思へばなべて散る花の　わが身をさてもいづちかもせむ（左）

（世の理《ことわり》を思えば、すべては散る花のごとくはかない存在である。それにしてもこの我が身を、一体どこへもっていけばよいのだろうか）

花さへに世を浮草になりにけり　散るを惜しめば誘ふ山水（右）

（私だけでなく、花さえもが世を憂しとして、浮草のようになってしまったなあ。花が散るのを惜しんでいると、山川の水が誘いかけてくることだ）

左歌に対し、「句ごとに思ひ入れて、作者の心深く悩ませるところ侍れば」とする評が、西行を大いに感激させたことはすでに述べた。

右歌に対しては、四句目は「春を惜しめば」とした方がよいのではないかという見解を定家が示したのに対し、定家の見方にいたく共感を示しながらも、やはり「散るを惜しめば」の方がよいことを述べ、最終的には定家もそれを受け入れている。

定家の歌合判詞には、西行に対する深い理解と敬意が滲み出ており、西行も満足と感謝の意を表明している。

判詞の中には、「心深し」の語が頻出するが、これは、西行の歌の特質と、それに対する俊成・定家の理解を示すものであろう。

判者定家の西行の歌に対する批判は、ほとんど詞の問題に集中される。西行の歌は、歌壇的評価に充分堪えるものも多いが、中にその枠を越えるものがある。俊成・定家ともに、この歌合が、西行の生涯をかけた作歌生活の総決算を、神宮に奉納しようとの崇高な志をもつ特殊なものであることに敬意を表し、世の一般の歌合とは異なることに充分理解を示しつつ、詞の問題に関しては、ひと言批判的見解を述べざるを得なかった。そこから発せられる評言が随処にみられる。

例えば「宮河歌合」三十六番は、すでにみた次のような歌である。

逢ふと見しその夜の夢の覚めであれな　長き眠りは憂かるべけれど　(左)

あはれ〳〵この世はよしやさもあらばあれ　来む世もかくや苦しかるべき（右）

これに対する定家の判詞は、「両首歌、心ともに深く、詞及び難きさまには見え侍るを、右のこの世と置き、来む世といへる、ひとへに風情をさきとして、詞をいたはらずは見え侍れど、かやうの難は、この歌合にとりて、すべてあるまじき事に侍れば、なずらへてまた持とや申すべからむ」というのであった。

右歌の「この世」と「来む世」は、一首の中で同じ言葉を重ねて用いているが、これは当時歌の病の中でももっとも避けられた「同心病」に当り、一般の歌合であれば認められないと言っているのである。俊成や定家の家、すなわち御子左家は、歌病はあまりうるさく詮索しなかったが、それでも同心病にだけは厳しかった。ただ西行のこの歌合は、世間一般のそれとは違って特殊なものだから、一般には認めがたいが、ここでは大目に見るのだとしている。

こうしたところに、歌壇を離れて、比較的自由な立場で作歌してきた者と、歌壇に生きる人間との、基本的な立場の相違をみることができよう。

このような詞の用い方に対する厳しい指摘が、歌合判詞の随所にみられるものの、全体としては、俊成・定家とも、西行の歌に深く敬意を表し、高い評価を下しているのであり、西行の歌は、歌壇によって、充分に高く評価されたのである。

西行は、定家等の漢籍の教養豊かな歌人のように、詩的想像力によって、作品の世界を拡大することは、得意とするところではなかったが、生来の資質として持っている豊かな感情や、豊富な実生活における体験が、歌に強い現実感と広がりを与えているような点は、多くの新古今歌人たちの、ついに追随しうるところではなかったのである。

20　西行から芭蕉へ

西行の死後約五百年を経て、延宝から元禄時代にかけて俳人として活躍したのが、松尾芭蕉である。芭蕉には、『笈の小文』と題する紀行文がある。江戸を出発し、尾張から伊賀、伊勢、吉野、高野、和歌の浦、須磨、明石とめぐり歩いた旅日記である。その『笈の小文』に名高い一節がある。

西行の和歌における、宗祇の連歌における、雪舟の絵における、利休が茶における、その貫道するものは一《いつ》なり。

西行の和歌、宗祇の連歌、雪舟の絵、利休の茶、それらを貫くものは一つであるというのである。その貫道するものが、芭蕉の風雅をも貫くものであることは、言うまでもない。芭蕉は、心底西行に傾倒していた。

後鳥羽院も西行を高く評価しており、『後鳥羽院御口伝』の中で、西行に言及して、次のように述べる。

釈阿はやさしく艶に、心も深く、哀れなるところもありき。殊に愚意《ぐい》に庶幾《しょき》する姿なり。西行はおもしろくて、しかも心も殊に深く、ありがたくいできがたき方も共に相兼ねて見ゆ。生得《しやうとく》の歌人とおぼゆ。おぼろげの人、まねびなどすべき歌にあらず。不可説の上手なり。

（俊成の歌は、優美で艶やかなところがあり、心も深く、しみじみとしたところもあった。ことに私がこい願う姿である。西行は歌の趣向を凝らしていて、しかも心も殊に深く、このような歌がめったに詠まれない点も、兼ねそなえているようにみえる。天性の歌人と思われる。普通の人が真似などできる歌ではない。口では説明できないほどの名手である）

芭蕉はこれを受け

たゞ釈阿・西行のことばのみ、かりそめに云《いひ》ちらされしあだなるたはぶれごとも、あはれなる所多し。後鳥羽上皇のかゝせ給ひしものにも、「これらは歌に実《まこと》ありて、しかも悲しびをそふる」とのたまひ侍しとかや。　（許六離別ノ詞）

（ただ俊成・西行のことばだけは、ちょっと詠み捨てられたとりとめのない即興的な歌も、しみじみしたところが多い。後鳥羽院がお書きになったものにも、「これらは歌に真実がこもっていて、しかもあわれな趣がある」とおっしゃられたとか）

と述べている。釈阿（藤原俊成）と西行を併記しているが、これは後鳥羽院の詞を受けたからで、藤原俊成の歌を踏まえた作例は非常に少ないから、実際にはこれは西行に向けられた言葉とみてよいであろう。

さてそれでは、芭蕉の句や言葉に、西行のどのような歌が投影されているだろうか。比較的初期、延宝四年（一六七六）、三十三歳の時の作品に

命なりわづかの笠の下涼み　（江戸広小路）
（小夜中山で、わずかな笠の下を命と頼んで、涼をとることだ）

という「佐夜中山にて」と題する句があるが、これはいうまでもなく、西行の代表的作品の一つとして知られる「年たけてまた越ゆべしと思ひきや　命なりけり小夜の中山」に拠ったものである。

またその翌年の作

あすは粽《ちまき》難波の枯葉夢なれや　（六百番俳諧発句合）

（今日は端午の節供で、蘆の葉で粽を巻くが、明日はその粽の葉も捨てられて、枯葉同然になる。「難波の枯葉夢なれや」のごとくに）

は、「津の国の難波の春は夢なれや　蘆の枯葉に風わたるなり」を踏まえている。端午の節供には、蘆の葉で粽を巻くのである。ただこの句には、「蘆」ということばは、まったく出てこない。それでいてこの言葉を連想させるのは、談林期に流行した「抜け」と言われる技法である。

また『虚栗《みなしぐり》』の連句の中で詠まれた

哀《あはれ》いかに宮城野のぼた吹凋《ふきしほ》るらん

（ああ、どんなにか宮城野の萩は吹きしおれているだろうか）

は、西行の「あはれいかに草葉の露のこぼるらむ　秋風立ちぬ宮城野の原」の本歌取りである。前句の「西瓜《すいくわ》を綾《あや》に包むあやにく」という其角の句では、「西瓜」と「綾」という新旧、品の上下を表すことばが対照的に用いられている。芭蕉も、萩の異称「ぼた」の語を用いて、それに応じたのであろう。

芭蕉は、貞享元年（一六八四）の八月、四十一歳の時に、『野ざらし紀行』の旅に出ている。「野ざらしを心に風のしむ身かな」を門出の吟に、俳諧の革新をめざして、何とか貞門・談林俳諧の沈滞を抜け出し、新風を樹立しなければならないという、悲痛な思いを抱いて深川の草庵を出発する。「野ざらし」というのは、野にさらされた髑髏《されこうべ》のことである。伊勢、伊賀上野、当麻、吉野、山城、近江、美濃、名古屋、奈良、京都の伏見、大津などを経《へ》回《めぐ》って帰庵している。

この旅で、伊勢の外宮では、「暮て外宮《げくう》に詣《まうで》侍りけるに、一の鳥居の陰ほのくらく、御燈《みあかし》処々《ところどころ》に見えて、また上もなき峯の松風身にしむばかり、ふかき心を起して」と、前書して

みそか月なし千《ち》とせの杉を抱《だく》あらし　（野ざらし紀行）

（今日は三十日で、月もない暗闇である。嵐が千古の杉を抱くように、吹きすぎる）

と詠んでいる。この句の前書の「また上もなき峯の松風」は、西行の「深く入りて神路の奥を尋ぬれば　また上もなき峯の松風」を踏まえており、芭蕉は厳粛な気持ちで「千とせの杉」に対している。この西行歌は、『千載集』に入集し、「御裳濯河歌合」にも自選しているものであ

る。

さらに伊勢の西行谷に足を運んで西行の面影を偲び、「芋《いも》あらふ女西行ならば歌よまん」と詠んだ。芭蕉はいも洗う女を見て、西行の江口の遊女のエピソードを思い出し、西行がこの情景を見たら、歌を詠みかけたであろう、というのである。

吉野では、同行した千里《ちり》と別れて一人奥千本に入り、西行庵のあるところで、「西行上人の草の庵の跡は、奥の院から右の方へ二町（約二〇〇メートル）ほど入ったところにある。柴を刈る人が通う道ばかりがわずかにあって、険しい谷を隔てている。たいへん尊い。あのとくとくの清水は、昔に変わらないとみえて、今もとくとくと雫が落ちている」と前書に記して

露とく〳〵心《こころ》みにうき世すゝがばや　（野ざらし紀行）

（岩間からとくとくとしたたり落ちる清水で、試みに浮世の穢《けが》れをすすぎたいものだ）

の句を詠んでいる。これは西行歌とされる「とく〳〵と落つる岩間の苔清水　くみほすほどもなきすまひかな」に拠っている。ただしこの歌は他に出典がなく、西行歌として伝承されているに過ぎない。

元禄二年（一六八九）三月には、芭蕉は曾良を伴い、『奥の細道』の旅に出る。関東、奥州、

北陸を経て、八月下旬に大垣に着く。この足掛け六か月に及ぶ旅の紀行文が『奥の細道』である。芭蕉はこの旅で、名所旧跡、神社、仏閣の類を丹念に歩いている。

栃木県那須町の蘆野《あしの》で詠んだ

田一枚植ゑて立ち去る柳かな

（柳の陰で西行の昔を偲《しの》んだが、気がつくと早乙女《さおとめ》が田を一枚植え終わっていた。思いを残しつつ、柳のもとを立ち去ったことだ）

は、西行の「道の辺に清水流るゝ柳かげ　しばしとてこそ立ちどまりつれ」によって詠まれている。この西行の歌は『新古今集』のほか、『西行物語』や謡曲「遊行柳」にも載っている。実際この歌は、先述したように、どこで詠まれたものか不明であるが、『西行物語』では、画賛ということになり、さらに謡曲「遊行柳」では、白河の関付近とされて、芭蕉の時代には、那須に近い蘆野で詠まれたとする伝承が出来上がっていたのである。西行は立ちどまったが、芭蕉は立ち去っている。そこに俳諧的趣向があるのであろう。

芭蕉は平泉まで行ってそこで引き返し、日本海に出る。新潟県の親不知近くの市振の宿で次のような句を吟じている。

一家《ひとつや》に遊女も寝たり萩《はぎ》と月

（同じ宿に遊女も泊っている。折から宿の庭には萩の花が咲きこぼれ、月があたりを照らしている）

萩と月に、華やかな世界に住む遊女と世捨て人の自分の境涯の象徴をみているようである。この句の背後には、西行が天王寺に参る途中、遊女妙と江口で詠み交わした「世の中を厭《いと》ふまでこそ難からめ　仮の宿りををしむ君かな」「世を厭ふ人とし聞けば仮の宿に　心とむなと思ふばかりぞ」という贈答歌がある。『新古今集』入集歌であり、この贈答歌にまつわる話は、『撰集抄』や謡曲「江口」によって、広く知られていた。

さらに越前、若狭をめぐり、美濃の大垣でこの旅をしめくくる。その結びの句は

蛤《はまぐり》のふたみに別れ行く秋ぞ

（蛤が蓋と身に分けられるようにつらいことだが、私も皆と別れ、行く秋とともに、これからまた二見へ旅立つことだ）

というものであった。奥の細道の旅を終えるに際し、集まってくれた親しい人々に別れを告げ、さらに伊勢の遷宮を拝観するために新たな旅に出発するのである。蛤は伊勢の名産であり、そ

の蛤の「蓋・身」から「二見」を引き出し、「蓋・身に別れ」から「別れ行く」を、さらにその「行く」から「行く秋」を引き出す技巧を重層的に用いている。

この句は、西行の「今ぞ知る二見の浦の蛤を　貝合わせとておほふなりけり」（今わかった。都で貝合わせと言っているのは、この二見の浦の蛤を合せていたのだったなあ）を踏まえて詠まれている。この歌に付されている詞書によると、二見が浦でかなり身分のありそうな「女の童《めわらは》」が、懸命に蛤をとっているのを見て、そのわけを尋ねてみると、都で貝合わせをするための蛤をとっているとのことで、今、その意味を合点したというのである。

これらのような例にもみられる如く、『奥の細道』の旅にも西行の歌の影響は、色濃く投影している。

さて、伊勢神宮に赴いた芭蕉は、次のように詠む。

何の木の花とはしらず匂ひかな　（笈の小文）
（何の木の花かわからないが、芳香が漂《ただよ》ってくることだ）

神宮の神域の神々しい雰囲気を、花の匂いで象徴的に表現したものである。鬱蒼《うっそう》と茂る杉の古木に囲まれた清らかな神域で、厳粛な気持ちで佇んでいる芭蕉の姿が彷彿としてくる。

この句は、『西行上人集』の延宝二年版本末尾に、「太神宮御祭日よめるとあり」と詞書が付されて載る「何事のおはしますをばしらねども　かたじけなさに涙こぼるゝ」を踏まえている。この歌は、『西行上人集』諸本の中でも、末流と言ってよい延宝二年版本系統にしか見られないもので、西行の歌かどうか疑問視されているものであるが、芭蕉はその延宝二年版本系の本で西行の歌を読んでいたことが知られる。

ところで芭蕉は歌仙をよく巻いたが、『猿蓑』に収められている、元禄三年（一六九〇）夏の作かという「夏の月の巻」に、弟子の向井去来（一六五一―一七〇四）と詠んだ次のような付合《つけあい》（俳諧や連歌で、五七五の句と七七の句をつけ連ねていくこと、またその付け合わせたもの）がある。

草庵にしばらく居ては打やぶり　　芭蕉
いのち嬉《うれ》しき撰集《せんじふ》の沙汰《さた》　　去来

この付句にまつわる話が、『去来抄』に出てくる。

去来ははじめ、この芭蕉の句に対し、草庵を結んでしばらくいたかと思うとそれを打ち捨てて旅に出る、そのような人物として西行を思い描き、「和歌の奥義《おうぎ》は知らず候」と付けた。『吾妻鏡』に出ている、頼朝に和歌の奥義を尋ねられて、西行が答えたことばである。それに対して芭蕉は、前句を西行や能因のような境涯のものと見たのはよいが、それを直ちに西行のこととして付けるのは、いかにも拙劣だ。「ただ面影にてつけよ」と言って、「いのち嬉しき撰集の沙汰」に訂正したというのである。

西行は晩年、二度目の奥州行脚の折に「年たけてまた越ゆべしと思ひきや　命なりけり小夜の中山」という歌を詠んでいる。また『千載集』が撰進される時に、西行は編者俊成に、次のような挨拶の歌を添えて、歌の草稿を送っている。

花ならぬ言の葉なれどおのづから　色もやあると君拾はなむ

（花のように美しい歌ではありませんが、中にはそれなりによいものもあろうかと、お目にとまる歌がありましたなら、拾っていただけますと幸いです）

それに対し俊成は

世をすてて入りにし道の言の葉ぞ　あはれも深き色はみえける

（世を捨てて仏道に入られたあなたの和歌ですから、しみじみと深い情感が感じられます）

と返している。こうしたことからすれば、「いのち嬉しき撰集の沙汰」で充分西行を彷彿させるものがある。そしてこの表現ならば、必ずしも西行に限定されるものではなく、能因であってもよいし、もっと多くの人に当てはまる。この方がより豊かな余情を持っている、というのである。これは「面影にて付くる」とは、どのようなことかという具体的な例として取り上げられたものであるが、いずれにしてもここにみられる付句の表現は、西行の歌や事績を踏まえてのものであることは明らかである。

このように西行の歌から発想を得た句や言葉は、枚挙にいとまがない。『芭蕉事典』(中村俊定監修、春秋社、昭和五十三年六月)には、西行の影響下に詠まれた芭蕉の句として七十五例ほど取り上げられているから、ここに掲出したのは、ほんの一部に過ぎない。芭蕉がいかに西行に傾倒していたかをみることが出来る。

これらの句から窺われるのは、芭蕉はもちろん西行の代表的歌集である『山家集』も読んでいたが、身近に置いて親しんでいたのは、むしろ『撰集抄』や『西行物語』といった説話類や『西行上人談抄』であったろうということである。『西行上人集』も読んでいたが、末流本で誤写が多い延宝二年版本で親しんでいたようである。

西行歌集や説話類の版本が相次いで刊行されたのが、芭蕉が生きたこの時期である。『西行上人集』の末流本や史実とはかなり異なる事柄も多く書かれている説話類で西行の歌に親しんでいたにもかかわらず、芭蕉が西行の本質を鋭く捉えていたことは注意される。

21　文化史の巨人・西行

ここで西行の達成とそれが後世に及ぼした影響について、今まで述べてきたことを改めて簡潔に整理してみたい。

西行は何よりもまず歌人として、わが国の和歌史において傑出した存在である。西行の死後十五年を経て撰進された『新古今和歌集』に、九十四首という集中最多の歌が撰入されたことで、西行の和歌史における地位は不動のものとなった。

平安時代の後期、源氏と平家が争った時代に、平家が都を追われて西国へ落ち延びた時、平家の武将・平忠度は、近く勅撰集の撰集があるらしいということを耳にして、主従たった七騎でとって返した。そして藤原俊成の門を叩いて、今まで詠んできた歌の詠草を渡し、一首だけでも勅撰集に採っていただけるなら、私は死んでも思い残すことはありませんと入集を懇願した話は、よく知られている。そのような時代に、専門歌人ではない西行の歌が、専門歌人を大きく上回って勅撰集である『新古今集』に採録されたという事実は、驚くべきことであった。

後代に宗祇や芭蕉は言うに及ばず、国民の広い階層にわたり、多数の読者を獲得するところとなり、その与えた影響は計り知れないものがある。

西行について詳しく知らなくとも、代表的な歌の一首や二首は、日本人であれば誰しも思い浮かべられるに違いない。


出家後の西行は、陸奥や四国への長途の旅をはじめ、高野山と都、吉野、伊勢、熊野、難波への往来など、多くの日々を旅に送っている。旅はかなりの危険と困難を伴うものであったから、特に長途の旅などは、やむを得ない事情がなければしなかった時代である。防人などは家を出発する際、家族と水杯を交して別れたのである。

西行が多くの日々を、むしろ積極的に旅に過ごした事実をみると、日常性を離れ、未知の世界に心を遊ばせる、今日にも通うような旅の魅力を、早くも自覚していたのではなかろうか。『西行物語』や『撰集抄』などが広く読まれたこともあり、西行の歌や事績は一般の人々の間にも浸透する。そして一笠一杖《いちりゅういちじょう》に身をやつし、歌を詠みながら各地を巡り歩く旅姿のイメージが、次第に国民の間に定着していくのである。

人生を旅として捉え、漂泊に旅の本質をみるのは、日本人には親しい観念であるが、多くの日本人にとって、そうした旅を実践した者として、まず想起されるのが西行であろう。西行は、そうした旅の魅力を見出し、実践したもっとも早い時期の人として、その点でも後代に大きな影響を与えることになる。

西行は桜をとりわけ愛した歌人であった。桜は平安時代から主に貴族の間で愛好されたが、西行も春には桜の名所である吉野に赴き、庵を構えて一定期間滞在し賞美するなど、桜に寄せる思いには格別なものがあった。桜を詠んだ歌は、全歌数の一割以上に及び、人口に膾炙した歌も多い。

また桜の花の舞い落ちる木の下で、この世の生を終えたいと日頃歌に詠んでいたが、その願い通りの死を遂げたことに人々はいたく感動し、これまでにもしばしば触れたように、その事実が西行を主人公とするいくつかの説話文学を生むことにもなった。そうした説話類が広く読まれ、西行の桜を詠む歌が人々に広く愛唱されたことも大いにあずかって、日本人の中に桜を愛好する気風が次第に広く形成されていくことになる。

平安朝においては、貴族が愛好する花であった桜は、武士の世になるにつれ武士階級にもその趣向が広がり、さらには一般の庶民へと拡大していった。室町時代後期には、一般の庶民も花見を楽しむようになる。

そして秀吉の「醍醐の花見」などを経て、江戸時代も元禄頃になると、花見は今日と同じように、酒食を伴ったにぎやかな庶民の行事になっていった。日本人が桜好きになる上で、西行が直接間接に後代に与えた影響は、少なからざるものがあった。

明治の頃からは桜は海外へも贈られるようになり、それに伴って桜の愛好者も国際的な広がりをみせている。今ではアメリカのポトマック河畔で毎年行われる桜祭りは、世界中から百万人を集める大きなイベントとなっている。

西行が生きた時代は、貴族の支配する時代から武士の時代へと移っていく、まさに激動の時代であった。戦《いくさ》という場面では、人の死は日常的なものである。死は、無常の極限の姿と言ってよい。

人は常に変わらないものを求めつつ、現実には絶えずそれが裏切られる。人生は無常なのである。その人生が無常であることを全身で受け止めたのが遁世者であり、中でも西行はその思いがとりわけ痛切であった。人生無常の思いは、西行の歌に流れる通奏低音である。

わが国では永承七年（一〇五二）から末法の世に入ると言われており、不安が時代全体を覆っており、人々の心の中で、無常感も次第に強くなっていった。

人生やこの世を無常と観じる思いは、以後日本の思想史を貫く大きな潮流となっていくが、そうした潮流が形成される上で、西行の歌や思想が与えた影響は大きかった。

平安朝の中頃から、人生や世の中すべてが無常であると観じる自覚の下に、その無常を乗り越えるものとして、技量の上達と人間としての完成をともに目指す「道」の思想が、次第に形成されていく。一つの道に打ち込み、専心努力することで常人が及ばないほどの技量を手に入れ、同時にその修練を通じて人間としての完成を目指すのである。西行は、ただ無常を歎くばかりではなく、その強い自覚の下に、生涯を通じて不断の精進をすることにより、それを乗り越える道があることを自ら示した。晩年には明鏡止水ともいうべき、その至りついた澄明な境地を示す歌が、幾首か詠まれている。西行は、日本の思想史を貫く無常の自覚と、それを乗り越える「道」の思想の発展において、きわめて大きな役割を果たしたのである。

出家後の西行は仏教の僧侶として生きたが、その仏教も、長く身を置いた高野山の真言宗にのみ徹したわけではなかった。西行という法号自体も浄土教のものであり、浄土に心をやる歌も多く残している。またある時期には、修験道の聖地、大峰山で真剣に修行している。

さらに特筆すべきは、若い時から晩年に至るまで、日本古来の神に対する尊崇の念がきわめて篤かったことである。晩年には高野山を下り、足掛け七年にわたる期間を、伊勢神宮の神官たちに歌の指導をしながら、伊勢で過ごしている。そしてそれまでに詠んできた歌の中から、人生の総決算として秀歌を選りすぐり、「御裳濯河歌合」「宮河歌合」という二つの歌合を結構して、伊勢神宮に奉納している。

こうして西行が晩年に伊勢で七年にわたる歳月を過ごしたことは、西行が源平の争乱から慎重に身を避けていたということ以上に、仏教と神道の共存を志向する本地垂迹思想の発展において、画期的な意味をもっていた。仏教と神道を結びつけるこの思想を、強力に推進したことになるのである。

我が国において、仏教と神道が共存する上で、西行が果たした歴史的役割は、きわめて大きなものがあった。

そのような次第で、西行が広く国民に愛されるようになったのは、歌人としての評価とともに、生き方そのものに人々を強く引きつけるものがあったためである。目崎徳衛氏が指摘される如く、西行はわが国の自由人のいわば典型を確立したのであり、激動期にかくも徹底して自己の生き方を貫徹した精神の強靱さは、西行以前はもとより、現代に至るまで比類なきものである。世を捨て、通常の社会生活を断念ないし放棄した人間が、かえって同時代並びに後代に、きわめて大きな影響を与えたことは、歴史上の一種のパラドックス（逆説）とも言うべく、単に和歌史の上のみならず、思想史、文化史の上で、稀有の存在であると言えよう。

おわりに

　私は父の勤務の関係で、高校時代を奈良で過ごした。奈良はいうまでもなく千三百年の昔、都があったところである。奈良公園では、鹿がゆったりと草を食んでいた。

　奈良では新薬師寺や春日大社に近い、上高畑というところに住んでいた。近くには、志賀直哉が九年住んだという家もあった。志賀はよほどこの地が気に入ったのであろう。夏の夜、春日大社で奏でる雅楽の音が、森を伝わってかすかに聞こえてくるのだった。明かりを消して、耳を澄ませていると、あたかも奈良時代か、平安朝に生まれ変わったような錯覚におそわれた。

　奈良には長くいられないことが分っていたから、休日には奈良や隣の京都の寺社を積極的に巡り歩いた。千古の昔に思いを馳せ、人間や人生というものに対して、思いを巡らせる日々であった。

　春日大社の広い境内の一角には、万葉植物園があった。折々に出かけては、万葉集を片手に、ゆっくり時を過ごした。当時は長い時間を過ごしても、訪れる人がほとんどいないような閑静な場所だった。

　そのような高校時代だったから、東京に戻り大学で国文学を専攻するようになったのも、ごく自然な成り行きだった。

大学に入ると、当時出来たばかりの日本文化研究会に入会した。夏には奈良や京都で毎年合宿をすることになったが、関西に親しんだ私が案内役を務めたことは、言うまでもない。

奈良で合宿したのは、奈良国立博物館に隣接した「日吉館」であった。ここは第二次大戦後の貧しい時代、日本人の心のふるさとを求めて奈良を訪れる人々を大切にし、安価で宿泊できることで知られていた。女将は「田村のおばちゃん」と呼ばれて親しまれていた田村キヨノさんで、奈良を愛し、真摯な思いで奈良の古社寺を巡ろうとする研究者や学生には、実に親切であったが、逆に金さえ払えば文句はないだろうというような横柄な人間は、たとえ部屋が空いていても、宿泊を断るという見識を持った人だった。

学生が朝、寝坊をしようものなら、「早く起きなさい」とたたき起こされた。小さな風呂場には、「風呂は実力でお入りください」という張り紙がしてあった。夜は上等な牛肉をふんだんに使ったすき焼きが供されたから、利益はほとんどなかったのではないかと思われる。

この宿は、歌人としても著名な会津八一の常宿でもあった。

春日野にて

かすがの　に　おしてる　つき　の　ほがらかに　あき　の　ゆふべ　と　なり　に

ける　かも

香薬師を拝して
みほとけ　の　うつらまなこ　に　いにしへ　の　やまとくにばら　かすみて　あるらし

唐招提寺にて
おほてら　の　まろきはしら　の　つきかげ　を　つち　に　ふみ　つつ　もの　をこそ　おもへ

すべてひらがな書きで、単語で区切る独特の表記法であったが、古都の雰囲気によく合っているように思われた。我々もまた、こうした名歌を口ずさみながら、奈良の地を歩いたものである。そして会津八一だけではなく、戦後の文化界で活躍することになる多くの人が、この宿を基点にして大和路を歩き、田村のおばちゃんの世話になったのである。田村さんは、晩年、NHKのテレビドラマの主人公にもなった。

大学では森武之助先生に師事した。先生は文献学や書誌学のみならず、西洋を含めた学芸全般に造詣が深く、常にものごとの大局と本質をみて細事に拘泥しない、古武士の風格を持った大人《たいじん》で、終始あたたかい目でご指導くださった。私は先生から、学問の厳しさや楽しさ、また人生の豊かさを学んだように思う。

大学院では、久松潜一先生のご指導をも受ける機会に恵まれた。学徳兼備の一代の碩学の語られる中世文学史を、遠い中世から聞こえてくるような思いで謹聴したものであるが、その後もさまざまな機会に、あたたかいご指導と励ましの言葉をいただいたことは忘れがたい。

先に触れた日本文化研究会は、全学から学生が集まるサークルであったから、これもさまざまな分野の人たちと接し、刺激を受けた。当時の友人たちには、不思議とクラシック音楽を趣味にする者が多く、小林秀雄の「モオツァルト」に出てくる四〇番シンフォニーの楽譜や、「かなしさは疾走する。涙は追いつけない」といったフレーズに痺れたものだった。この友人たちとの親しいつき合いは、今に続いている。

小林が戦時中に書いた評論に「西行」を論じたものがあった。今思えば、私が西行を生涯の研究テーマに選ぶことになったのは、この西行論から受けた影響が、大きかったのではないかと思う。小林の西行論には、西行と定家の関係を対立的に捉えるなど、明らかな間違いもあるが、西行という稀有な資質を持った人物の本質を、この上なく的確に、鋭く捉えているように思われた。この西行という人間について、若い時に受けた印象は、数十年を経た今日でも変わらない。

ある会合でのことである。「私はこの世の美しいものだけを見て、今日まで生きてきました。だから給料が少々安かったとしても、文句は言えませんね」とつぶやいたところ、たまたま私の前に座っていた弁護士が「私は世の中の汚いものだけを見て、生きてきました」と応じたものだから、一座が爆笑の渦に包まれたことがあった。たしかに美しい詩歌を学生と共に味わいながら、過ごしてくることが出来たのだから、恵まれた人生を歩いてきたと言えるのであろう。

恩師の森武之助先生が文献学を手法とする学者であったから、しぜん私の研究も文献学的なアプローチをとることになった。実際、研究を始めてみると、西行歌集に関する文献の整備が、きわめて遅れていることを痛感し、図書館・文庫・個人の所有者などを訪ね歩いて、写本や版本の調査研究をするようになった。

ご所蔵者のご厚意によって、全国に散在する数百本ある西行歌集の写本や版本を、ほとんどすべて閲覧・調査することができた。ただそうした和歌の本文にかかわる問題は、本書では触れることが出来なかったので、本文の問題がいかに重要であるかを知っていただくために、それらの調査によって判明したことのほんの一例を、紹介することにしたい。

西行の歌については、現在、京都の陽明文庫に所蔵されている『山家集』の写本が最善本とされ、その本文が、ほとんどあらゆる西行歌集のテキストに用いられている。その陽明文庫本の本文は、「春」と「花」に関する用語に関して、次のようにある。

1　山おろしの木《こ》のもと埋む春の雪は　岩井に浮くも氷とぞみる
2　おぼつかな花は心の春にのみ　いつれの年かうかれ初めけん
3　なにとかくあだなる春の色をしも　心にふかく染めはじめけん
4　限りあれば衣ばかりは脱ぎ替へて　心は春を慕ふなりけれ

5　ほとゝぎす聞ぬものゆへ迷はまし　春をたつねぬ山路なりせは
6　さらにまた霞に暮る山路かな　春をたづぬる花のあけぼの
7　こゝろざし深くはこべるみやたてを　さとりひらけん春にたぐへよ
8　吹乱る風になびくとみる程に　春をむすへる青柳の糸

調べてみると、例示した陽明本の本文は、「春」と「花」に関しては、すべてが誤写である。右の「春」は「花」でなければならないし、「花」は「春」でなければならない。たとえば、第一首目は、「春の雪」が岩井に浮くはずもないので、ここは「花の雪」とあるべきところである。二首目、「花は心の春にのみ」も、「春は心の花にのみ」でないと、意味が通るまい。三首目、『古今集』では、「あだなりと名にこそ立てれ桜花　年にまれなる人もまちけり」と詠まれており、花が散りやすいのを、「あだ」と受け止められていた。すなわち、ここも「春の色」ではなく、「花の色」とあるべきところである。残りの歌についても同様の誤りが認められる。しかし多くの現行の注釈書では、陽明本の誤った本文をそのまま採用したから、苦しい解釈を強いられることになった。

　どうしてこのようなことになったのか。その理由を考えてみると、恐らくこれらの語が仮名で記されていた段階があり、そこでは「はる」の「る」は、「累」を字母とする仮名が、「はな」の「な」は、「奈」を字母とする仮名がそれぞれ用いられていたのであろう。この二つの仮名は、形がきわめてよく似ているところからしばしば誤写が生じ、それが漢字で表記された時に「春」は「花」に、「花」は「春」に取り違えられたと考えられる。

このような誤りは、少なくとも陽明本系の他の諸本を参照すれば、気がついたはずであるが、それが従来ほとんど行われてこなかったのは、陽明本に対する信頼が、あまりにも強すぎたからである。

こうした陽明本の本文が誤っていると見なされる例は、全部で約二百か所余りあることが明らかになった。本文が間違っていれば、その解釈も当然おかしなことになる。書物というものは、転写が繰り返されるごとに誤写が拡大していく運命にある。したがって西行が詠んだ歌の本来の姿を見定めることは、きわめて重要なのである。

正統的な本文を見定めるには、現在残されている主な写本・版本の本文がどのようになっているか、一覧できるかたちにした校本が必要である。ただこうした研究の土台をなす校本を作成するには、膨大な時間と労力と費用が必要となる。私は西行歌集の校本を作成する仕事に長年従事してきたが、気がついてみると、取りかかってから完成するまでに約三十年の歳月が流れていた。

その研究の成果を『山家集の校本と研究』『西行集の校本と研究』という二冊の著作によって公刊した。これらの著作で、従来軽視されてきたもう一つの系統本である流布版本も、陽明本に劣らず重要であることを強調したが、その後岩波文庫の『西行全歌集』をはじめ、その他の注釈書の類でも、流布版本系の本文を参照して、積極的な改訂がなされるようになってきた。また平成十五年に刊行された『和歌文学大系 21 山家集・聞書集・残集』では、私が昭和六十三年に茨城大学附属図書館で発見し、学界に紹介した流布版本系の本文を持つ『山家集』の写本が、底本に用いられている。

校本の作成は、およそあらゆる学問の中でも、これ以上地味な分野はあるまいと思われるような仕事であるが、そうした単調ともいえる研究生活の中で、対象が西行の歌であったことは救いであった。作業をしながら西行の歌を、じっくり読み味わうことができたからである。

そのようなわけで、こうした基礎研究に思わぬ長い時間を費やしたが、もともと西行の人間と文学に強く惹かれるものがあって西行研究を志したのであり、ここでもう一度初心に立ち返り、西行を愛好する一般の方々に読んでいただけるものをと、このような小著の執筆を思い立ったのである。

西行に心を寄せる方々に、心静かに繙《ひもと》いていただけるなら、よろこびこれに過ぎるものはない。

本書を出版するにあたって、新潮選書編集長の三辺直太氏にはひと方ならぬお世話になった。厚く御礼申し上げる。

令和五年十二月

寺澤行忠

新潮選書

西行《さいぎょう》　歌《うた》と旅《たび》と人生《じんせい》

著　者……………… 寺澤行忠《てらざわゆきただ》

発　行……………… 2024年1月25日
7　刷……………… 2024年6月20日

発行者……………… 佐藤隆信
発行所……………… 株式会社新潮社
〒162-8711 東京都新宿区矢来町71
電話　編集部 03-3266-5611
読者係 03-3266-5111
https://www.shinchosha.co.jp
シンボルマーク／駒井哲郎
装幀／新潮社装幀室

印刷所……………… 株式会社三秀舎
製本所……………… 株式会社大進堂

乱丁・落丁本は、ご面倒ですが小社読者係宛お送り下さい。送料小社負担にてお取替えいたします。価格はカバーに表示してあります。

ISBN978-4-10-603905-8 C0323

万葉びとの奈良　上野誠

やまと初の繁栄都市、平城京遷都から千三百年。天皇の存在、律令制の確立、異国との交流がもたらしたものは。万葉歌を読みなおし、奈良の深層を描きだす。《新潮選書》

私の親鸞　孤独に寄りそうひと　五木寛之

ああ、この人は自分のことを分かってくれる――「聖人」ではなく「生身」の姿を追い続けて半世紀、孤独な心に優しく沁み入る、とっておきの親鸞を語る。《新潮選書》

「ひとり」の哲学　山折哲雄

孤独と向き合え！　人は所詮ひとりであると気づいて初めて豊かな生を得ることができる。親鸞、道元、日蓮など鎌倉仏教の先達らに学ぶ、「ひとり」の覚悟。《新潮選書》

「律」に学ぶ生き方の智慧　佐々木閑

日本仏教から失われた律には、生き甲斐を手に入れるためのヒントがある。「本当にやりたいことだけやる人生」を送るため、釈迦が考えた意外な方法とは？《新潮選書》

「悟り体験」を読む　大乗仏教で覚醒した人々　大竹晋

菩提達摩、白隠慧鶴、鈴木大拙、井上日召……臨済宗から日蓮宗まで約五十人の覚醒体験から、「目くるめく境地」の真相に迫る。本邦初の「悟り学」入門。《新潮選書》

死にかた論　佐伯啓思

日本人は「死」にどう向き合うべきなのか。欧米との違い、仏教の影響、そして私たちのこころの奥底にある死生観――社会思想の大家による渾身の論考。《新潮選書》